絕版詩話

民國詩集風景

張建智 著

【序】青青子衿，悠悠我心

張建智

記得六年前，那時《博覽群書》的主編陳品高先生，來電約我為此刊撰稿，我投了小文一篇。他即認真地回了電話，說原本即可刊出，但正有北京李喬評我的《中國神祕的獄神廟》，故擬在下期發表。放下手機，我心中疑惑，他怎麼知道手機號，可謂素昧平生，真有「仔細看山山不動，那山恰似走來迎。」之感。

爾後，陳來電，要為我開個專欄。於是，便想到我珍藏「五四」新文化運動後的一些初版詩集。這個專欄，後取名為「詩話雜談」，其實正確的說，應叫「現代詩話雜談」。二〇〇九年第二期《博覽群書》專欄起始，第一篇發表之文，是談蒲風的《六月流火》，這是蒲風在日本發行的第一本詩集。當年深得魯迅讚揚。

專欄之於我，雖前也開過。但大型雜誌，時間長達五六年，在我是第一次。便有了如此的開場白：

白話詩自「五四」新文化運動後，在中國大地上誕生，這樣的語言思維的轉變，緊跟著是政治、經濟、文化以及觀念上，發生了急劇的轉型。一首詩帶來了一場革命。八十年，彈指一瞬間，雖然今日詩壇，猶冬日之殘荷；但只要人類尚在，心中就有詩。「舊巢有鳥兒，儘管是倦了，還馱著斜陽回去。」……

讓我們沿著劉大白詩人「秋晚的江上」繼續行走，去讀那一本本民國詩集、一張張發黃但仍誘人的書影，一首首動人心扉的詩歌，讓我們重溫那升入天堂的詩魂與舊夢。

如此，那一千八百多天裡，在一盞螢黃燈下，我把早已為人淡忘，那些人、那些詩、那些事，於深夜中，翻來覆去地閱讀著，那些已有七八十年的一頁頁的黃紙。由這些「歸去無端化愁蝶」的詩人們，把我帶回到了「五四」新文化運動的時光邃道，那風起雲湧、劇變跌宕的時代。使我彷彿感受了那時代的詩心與哲思。讀出了明白如話，平淡如水之詩；憂國憤世、感傷事時之詩；沉雄如磐、抨擊時弊之詩，更有反映那時代的純真不渝、曲折多變的愛情詩。

「詩言志」。有時，讀著讀著，在這特殊的閱讀心態下，當夜賴人靜之際，那詩人們的悲慘運命，令我不忍卒讀，含情淚落。但一如魯迅所說的，那些時代的詩人、後來的作家們，「幸而還堅硬，沒有變成潤澤齒輪的油。」

白雲蒼狗，時間過的那麼快，隨「詩話雜談」專欄的結束，遂取名為《絕版詩話》，於二〇二二年十二月，由復旦大學出版社結集出版。

越三年，我陸陸續續又發表了些詩話瑣記，有朋友催促，繼初集，再編《絕版詩話——民國詩集風景》。我看近幾年的出版界，小說創作，每年有幾千部，散文雜感，歷史題材，也不在少數。文藝之繁榮，不能說它寥落。但專談五四後的初版本詩集，卻確乎少見。雖有作者寫了現代版本見聞錄之類的書，但不是專題，只是羅列，且各人之視角也不同。我一時也說不出其中的所以然。當然，姜德明先生寫了許多民國版舊書，隨手拈來，文字清雅；謝其章先生寫了許多舊期刊，如創刊號風景，都是讓讀者賞心悅目的好作品。

如今，即將出版《絕版詩話——民國詩集風景》，與讀者見面的，同是五四後的，十五位詩人。如胡適、冰心、盧冀野、邵洵美、宗白華、卞之琳、康白情、阿英、陳敬容、羅吟圃、蔣光赤、徐遲等。這些早期的詩人，他們後來所走的人生之路，真可用得上托爾斯泰的那句耳熟能詳的話：「幸福的家庭是相同的，不幸的家庭各有各的不同。」他們都有不幸的時代遭遇，家庭的零落與破碎，個人的一把辛酸史。

當讀者讀完此書，就可瞭解他們或她們，身處在二十世紀大潮中，每個詩人與他們的家庭，於歷史的大幕前，大都上演了文學的悲劇、乃或荒誕劇。然而，上世紀三十年代後，這些詩人們，雖各走各道，但生存的本質，依然是一介書生、文人姿質的風範。純真、好學、執著，愛民主、有良知。我之所以要寫這些詩人文事，其目的便是，讓後人們，不應忘記他們。

他們曾在極其艱苦的生存境地中，為我們留下的，曾經是刻骨銘心的時代歷史和用心血鑄還成的詩。也許，現在和將來的青年，有了博客與微信後，沒有心境來讀這樣的詩歌。但我認為還是很有一讀的必要。於書中所選一些經典之詩，還有名家手描的舊書影，可窺民國書裝藝術的風格。興許，今日的讀者，往往陌生、不易了然，故在此書中一併編入。

詩雲：「青青子衿，悠悠我心！」我相信愛書人、淘書者，眾多的學子，會靜下心一一領略，並把它收藏在書架上慢慢品味。

二〇一五年十月二十日深夜，於聽雨齋。

目次

自淨的大海：
冰心與她的《繁星》

一九二三年商務印書館初版《繁星》

一段佳話

一九一九年冬夜，一對小姐弟圍爐共讀泰戈爾（Rabindranath Tagore）的《迷途之鳥》（*Stray Birds*）。弟弟忽然對姐姐說，「你不是常說有時思想太零碎了，不容易寫成篇段嗎，其實也可以這樣地收集起來。」從此姐姐便常將她飄忽的思緒、情感記於這小本子上。冬去春來，春逝夏臨，小本子上早已詩句盈滿。但十九歲的少女，有太多的幻想，太多的希冀，只把那小冊子胡亂地擱置著。不期一天被少女的二弟從重疊如青山的書堆中翻出，二弟讀罷很感動，便在那本小冊子的第一頁寫上「繁星」二字，那冊子便又被書堆、稿紙吞沒。直到又一個夏日遠去，迷途的鳥兒在窗前唱完最後一首幽曲，秋葉在風中飄飛、歎息。少女的三弟發現了這塵封的冊子。他終於催促姐姐「你這些小故事，不也可以印在紙上嗎？」。

於是，這塵封的小冊子被印製成一本薄薄的詩集，封面是明亮的流星劃過深藍的夜幕，出版後幾經再版，成為了中國現代新詩之林中一本重要的代表作，這，便是冰心的《繁星》！那三個可愛而有遠見的弟弟分別是冰仲、冰叔和冰季。

今讀冰心一九二二年為《繁星》出版所作之序言，不禁令我浮想、感慨。這本當年風靡一時，令作者名揚詩壇的小書，其出版過程，卻透著孩子們一如「過家家酒」般的隨性和偶然，連冰心自己也說道，「是兩年前零碎的思想，經過三個小孩子的鑒定。」這段軼事，於今已經很少人知道，也可算是一段詩壇佳話，一個女性產生詩的有趣的童話。

海上儒將的女兒

「五四」新文化運動中的女作家中，最深入人心的非冰心莫屬，沈從文稱：「冰心女士的名字，也成為無人不知的名字」（《十年來的中國文壇》），梁實秋讚她是，「現今知名的唯一女作家」（《創造週報．繁星與春水》）。黃英稱她為「新文藝運動中的一位最初的、最有力的、最典型的女性的詩人、作者。」（《現代中國女作家》）當然，我個人認為這些讚詞不免過譽，中國女作家中有才情的多的是，但冰心縱觀其一生，她留洋、出名早、生活穩定、壽命又長，若以這些視之，同時代人中的女性詩人確無法比及。

冰心，原名謝婉瑩，一九〇〇年出身於福州。父親謝葆璋是位具有現代精神的海上儒將，曾入嚴復的北洋水師學堂，任「海圻號」巡洋艦的副艦長，參加過一八九四年的中日甲午海戰，後又赴煙臺創辦海軍軍官學校。幼年和少年時代，冰心都與海為伴，大海無疑給了她兩樣珍貴的人生饋贈，一是大海的遼闊、深沉，賦予了這個無外表娟秀、柔弱的女子一種淡然而堅韌的性格。那大海般的溫柔而寬容的胸懷，讓她在此後波濤洶湧、波詭雲譎的時代中，始終堅守著人生的航路。二是大海既成為她貫穿一生的文學抒寫對象，取之不竭的靈感之源，又儼然是她思想和靈魂的自淨與慰藉的包容之物。海上月明，白浪翻湧，煙波浩渺，含弘廣大，成為了她文中、詩中反復出現的意象。冰心的詩文中寫海寫得多。無論是她的獨創一格的詩集《繁星》、《春水》，還是膾炙人口的散文《往事》、《山中雜記》、《寄小讀者》，有多處寫到大海，有的篇章還是專歌詠海的。

真的，冰心寫海寫得美。你看，海在她的筆下，多麼活潑。如（《山中雜記》）：「海呢，你看她沒有一刻靜止，從天邊微波粼粼的直卷到岸邊，觸著崖石，更欣然的濺躍了起來，開了燦然萬朵的銀花！」

海在冰心的筆下，又多麼神奇：「在海上又使人有透視的能力，……你倚欄俯視，你不由自主的要想起，這萬頃碧波琉璃之下，有什麼明珠，什麼龍女，什麼鮫綃……海上色彩絢麗，鷗鳥輕翔，真是氣象萬千……朝霞晚霞，東方一片大海，天上水裡反映到不止紅白紫黃這幾個顏色，這一片花，卻是四時不斷。……海上的沙鷗，白胸翠羽，輕盈的飄浮在浪花之上，「淩波微步，羅襪生塵。」……

看見海鷗，卻使我聯憶到千古頌讚美人；那是「婉若游龍，翩若驚鴻」！（《山中雜記》）

然而，之後她慢慢的遠離了大海。一九一三年，因父親職務的調動，冰心全家搬至北平。第二年的秋天，冰心入貝滿女中。貝滿女中是一八六四年由美國公理會創辦，是當時北平最早的西式學校，也是最早的女子學校。貝滿女中是一所教會學校，除了嚴格的課程設置外，少女冰心在那裡接觸到了基督教教義，深受其影響，形成了她「仁愛至上」的價值觀，即冰心自已所稱「愛」的哲學，並成為她日後文學創作的主旋律。

一九一八年，冰心考入協和女子大學，因為母親長期多病，當時女醫生非常少，冰心希望將來成為一名醫生，便選擇了醫科。這一決定也得到了父親的支持，並鼓勵她說：「東亞病夫的中國，是很需要良醫的，你就學醫吧。」進入協和女子大學後，冰心並沒有專注於學校專業課的學習，從小良好的詩書薰陶，「五四」新文化運動的洗禮，使她註定與文學結緣。

一九一九年九月，冰心的第一篇小說《兩個家庭》發表在《晨報．副刊》上。《晨報．副刊》的主編劉放園是冰心的表兄，但比冰心年長十七歲，冰心一直視其為長輩，放園表哥常給這個熱愛文藝的表妹，寄來各類書刊、報紙。魯迅的《狂人日記》便是劉放園送給冰心的。

冰心看了這本小說，受到很大的震撼，《兩個家庭》的創作也受此啟發，從一名兼具舊傳統和新思想的女性視角來審視舊式封建家庭的種種問題。這篇小說處女作發表時，冰心還有點膽怯，她日後回憶說，「很羞怯地交給放園表兄，用冰心為筆名，一來是因為，冰心兩個字，筆劃簡單好寫，而且是瑩字的含意。二是我太膽小，怕人家笑話批評。」但是，實際是小說發表後，得到廣泛的認可，這以後冰心便越寫越順手，一發不可收，接連發表了《去國》、《秋風秋雨愁煞人》、《斯人獨憔悴》等小說，那是冰心小說創作的黃金時期，她幾乎是一個星期一篇，才思如出閘的春潮噴湧而出。那時期，由於冰心較深地受了基督教教義和托爾斯泰、泰戈爾等人的思想影響，她曾試圖用一種抽象的「愛的哲學」來作為解決社會問題的藥方，並排遣自己精神上的苦痛。

然而，文學創作和社會活動佔用了冰心大部分的時間，她已無暇顧及醫科專業課的學習，恰此時協和女子大學併入燕京大學，於是冰心便由醫科轉入文學系，踏上了棄醫從文的道路。中國古語雲「不為良相，亦為良醫」，面對當時中國社會民眾積弱的現狀，不少知識分子選擇了醫學，希望由此改變中國貧弱的命運，如魯迅，但社會現實卻讓他們逐漸意識到啟發民眾的心智，才真正是改變中國社會之道。

燕京大學時期的冰心雖只是一名普通的學生，但其文名早著，成為當時備受矚目的新小說家，除了深受普通讀者的喜愛，還受到不少學者的關注。周作人，便是冰心在燕京求學時的老師，有一次，周上課時提到冰心的小說和詩作，並表示了讚賞，殊不知坐下的學生謝婉瑩便是冰心，正在羞答答地聽課。一九二三年夏，冰心以優異的成績從燕京大學畢業，獲得了金鑰匙獎。同年八月，冰心便搭乘赴美的郵輪飄洋過海，到衛斯理女校留學。漫長的海上航程，冰心在海輪上邂逅了與她攜手一生的伴侶，吳文藻。吳文藻是清華畢業生，是梁思成的同學，此行是赴美國新罕布什爾州達特默思學院社會學系學習。兩人的邂逅，只緣於一個美麗的誤會和吳的直率進言。吳文藻年輕時原來還有點傲慢。可冰心晚年回憶老伴還如是說：「他列舉幾本著名的英美評論家評論拜倫和雪萊的書，問我看過沒有？我卻都沒有看過。他說『你如果不趁在國外的時間，多看一些課外的書，那麼這次到美國就算是白來了！』他的這句話，深深地刺痛了我！我從來還沒有聽見這樣逆耳的忠言。我在出國前已經開始寫作，詩集《繁星》和小說集《超人》都已經出版。這次在船上，經過介紹而認識的朋友，一般都是客氣地說『久仰、久仰』，像他這樣首次見面，就肯這樣坦率地進言，使我悚然地把他作為我的第一個諍友、畏友！」

也許正是吳文藻的坦誠和豐富的學識，吸引了少年意氣奮發的冰心，兩人在美國頻繁通信，吳文藻也常去看望冰心，一九二五年的暑假，綺色佳的康奈爾大學成為了兩人的定情之地，六十年後冰心回憶起當年的情景，依舊甜蜜如昔：「我到綺色佳的康奈爾大學的暑期學校補習法文，因為考碩士學位需要第二外國語。等我到了康奈爾，發現他也來了，事前並沒有告訴我，這時只說他大學畢業了，為讀碩士也要補習法語。這暑期學校裡沒有別的中國學生，原來在康奈爾學習的，這時都到別處度假去了。綺色佳是一個風景區，因此我們幾乎每天課後都在一起遊山玩水，每晚從圖書館出來，還坐在石階上閒談。夜涼如水，頭上不是明月，就是繁星。到那時為止，我們信函往來，已有了兩年的歷史了，彼此都有了較深的瞭解，於是有一天在湖上划船的時候，他吐露了願和我終身相處。經過了一夜的思索，第二天我告訴他，我自己沒有意見，但是最後的決定還在於我的父母，雖然我知道只要我沒意見，我的父母是不會有意見的！」一九二九年，這一對璧人，這一對志同道合的伴侶，在燕園的臨湖軒舉辦了簡單而溫馨的婚禮，從此相濡以沫度過整整一個多甲子的春夏秋冬。

冰心體的詩

《繁星》初版於一九二三年一月，為文學研究叢書之一，由商務印書館出版。我收藏的《繁星》是商務印書館於民國二十二年印行的國難後的第一版。歷經了八十年的悠悠歲月，書頁被蒙上一層昏黃的包漿，然品相尚好。封面上那片如景泰藍般的夜空愈加深邃，那顆顆流星則依舊閃亮著，如撒野的孩子，嬉戲著，你追我逐。不知當年誰是這款書衣的設計者。素樸、簡潔的圖案，竟奇妙地體現了這本詩作的神韻——童真，愛與自然。

上世紀二、三十年代新詩之發展，可謂星漢燦爛，著名作家遂奔詩壇，以能出詩集為榮光，把中國現代詩歌推向了最繁榮的時期。今日重新審視，這些作家筆下所流淌的詩，有些如璀璨的流星，銳利地劃過心房，瞬間燃盡；有些詩如無邊的夜色，悠緩地浸潤你的身心，久久不散。而冰心《繁星》中的詩，大多屬於後者。初讀嫌它單薄，寥寥幾句便嘎然而止，但禁不住為它秀雅清新的語言所深深吸引。

《繁星》中的詩全部為短巧的小詩，共一百六十多首，甫問世便營造出「小詩的流行時代」，讓讀者喜讀；更有了所謂的「冰心體」，成了大眾之傳播。朱自清、劉大白、王統照、汪靜之、宗白華等都寫過一些「冰心體」的小詩。連後起的徐遲也寫過不少小詩，如《濁月亮》、

《寄》、《秋夜》等。周作人認為：「『小詩』是指現今流行著的一行至四行的新詩。中國的新詩，在各方面都受到歐洲的影響，獨有小詩彷彿是個例外。因為它的來源便在東方。」

正如冰心在序言中所言，這本詩集深受泰戈爾《迷途之鳥》的影響，（《迷途之鳥》如今多譯為《飛鳥集》），是泰戈爾的代表詩集之一，全書由三百多首短巧的小詩組成，風格清麗、婉約而富於哲思。《繁星》中的不少詩作與《迷途之鳥》的詩，有著一脈相承的聯繫。小詩受泰戈爾的抒情哲理小詩和日本「短歌」、「俳句」一類的影響，在五四後的一九一八年，首先由劉半農把他所譯二十一首泰戈爾的小詩發表於《新青年》上。同時此後由周作人等人把日本的短歌、俳句譯介於國內來。周作人甚而把小詩認為是「代表我們這剎那剎那的內生活的變遷。」

我們注意到《繁星》中不少詩作，是與自然的對話，對人生意義的叩問，是對童年、對「親愛」的懷想，冰心一生鍾愛的大海，更是其中最重要的抒情意象。

如第七五首：「父親呵！／出來坐在月明裡，／我要聽你說你的海。」

短短三行，立刻呈現了一幅海上升明月，父女共潮聲述往昔的景象，大海的壯闊呼應父親的威嚴和大愛的無言，月光的明媚皎潔，突現了女兒的純真，真是一首情景交融，不可多得的好詩。廢名的《新詩講稿》中也曾引用這首。

又如：「大海呵！／那一顆星沒有光？／那一朵花沒有香？／那一次我的思潮裡沒有你波濤的清響？」

直白的語言，簡單的意象，讀來琅琅上口。

然而，對於冰心的詩歌藝術，有褒有貶，而且兩大陣營均彙集了新文化運動的知名學者。如成仿吾、趙景深。趙景深極愛冰心的《繁星》，認為詩集有兩大特點「一是用字的清新，一是回憶的甜蜜。」，還稱「夏日炎熱，讀她的《繁星》便如飲清涼芬冽的泉水，令人陶醉，我願我無事時常常有機會翻閱著《繁星》來欣賞，給我性靈上的涵養」。而如陳西瀅、梁實秋則認為冰心的小說，遠優於詩歌，梁實秋是冰心的好友，但他批評冰心的詩藝，卻毫不客氣，直言冰心詩的短處：「表現力強而想像力弱；散文優而韻文技巧拙；理智富而感情分子薄。」當然，如真以「韻文」兩字論，那就不免要求高了些。我想，這似乎走到了亞理斯多德的嚴苛要求，因他要求凡沒有韻的文字，就稱不上詩。（關於詩的藝術）

對於冰心當時所寫的新詩，智者見智仁者見仁，但無論結論如何，從冰心這些新詩發表後，這般熱議的程度，便可知《繁星》在當時詩壇引起的震動。

《繁星》是冰心創作新詩的試筆之作，而且在風格上模仿泰戈爾，但畢竟冰心的年紀和哲學素養，無法與泰戈爾相提並論，詩作的思想內涵和哲學底蘊無法與《飛鳥集》同日而語。

冰心自己曾經這樣評價這本詩集：「我寫《繁星》並不是詩，至少那時我，不在立意作詩……因為我心裡，實在是有詩的標準的，我認為詩是應該有格律的。音樂性應該比較強，同時情感上也應該有抑揚頓挫。三言兩語就成就一首詩，未免太單薄太草率。」

雖《繁星》無法成為世界詩歌的經典作品，但其所呈現和引領的體裁和語言特色，註定將在中國現代詩歌史上佔據獨特的一席之地。

「閨閣派」的女作家

如今再讀冰心的詩文，難免會覺得語言儘管清麗，文體儘管優美，但思想未免淺顯和感傷。新文化運動中的女性作家就其家世和成長經歷，以我視之可分為「閨閣派」和「鄉野派」，所謂「閨閣派」女作家，往往出身於官宦書香之家，如冰心、林徽因、淩叔華、陳敬容等。她們往往具有優渥的家境，良好的詩書禮教，賦予了她們嫻靜、優雅的品性和深厚的中國古典文學素養，而開放的家風，沐浴歐風美雨的海外求學經歷，又令她們接受了西方文明民主、進步的思想，兼具了敏銳的視角和深厚的人文情懷；而於之相比較，「鄉野派」的女作家，大都出身於偏遠窮苦的鄉村，如蕭紅、丁玲、白薇、謝冰瑩等，她們身上或多或少套著沉重的封建家庭和婚姻的枷鎖，經歷了悲苦的成長經歷，她們對下層階級的窮困、落後、封閉、麻木有著刻骨銘心的親身經歷。冰心的少年是隨著父親登上海艦，馳騁在波瀾壯闊的大海上，是在康奈爾無憂地遊學，從小的文學夢想在父輩的精心呵護下一步步實現；而蕭紅的少年則是母親早逝，粗暴的父親，刻薄的繼母逼迫她嫁於同樣愚昧無知的鄉野村夫，是顛沛的逃婚，流落異鄉他地，心比天高卻無奈面臨命運無情的嘲弄。

截然不同的成長環境，註定了分化出兩種不同的文學風格，「閨閣派」的女作家恰如暖閣中未經風霜清雅的幽蘭，她們雖對社會的不公正、黑暗，民眾的悲苦、愚昧，感到憂慮，但囿於她們長期富足而安逸的成長環境，她們的批評是溫和的，有時甚至顯得軟弱而流於感傷，對當時中國現實的揭露，也只能是隔岸觀火，無法觸及其血淋淋的本質；而「鄉野派」的女作家則如懸崖峭壁上傲雪的紅梅，她們用手中的筆，對抗加諸其身的悲劇命運，她們的文學創作混合著絕處逢生的血淚，她們如老蚌懷珠，將她們的作品孕育成一顆顆珍珠，散發著奇光異彩，但往往容易走入了偏激的歧路。其實，我們看大男人的作品，一如魯迅與陳西瀅、徐志摩等，也無不如此。再一如當年的革命青年，也同樣罷脫不了這一狀況。當時也分成了兩種類型：「一種類型是敏感的，活潑的聰明的，多方面的，好高騖遠的，愛自由的，反抗權威的，但不堅定，性格柔軟，傾向於空談。另一種類型則是頑強的，沉著的，果敢的，但遲鈍，狹窄，知識短淺，崇拜威權。」（《鄭超麟回憶錄》東方出版社）這應是中國社會於二十世紀二三十年代，經濟社會發展不平衡所致。

望著蒼穹的答案

近日看的電視連續劇《人間正道是滄桑》中有一句臺詞，「大海有一種自淨的能力」，形容冰心的性格，也許較為貼切。儘管冰心擁有幸福的童年和少年，但在漫長的百年人生中，在動盪、波折、混亂的社會變遷下，在那個個人命運，常被時代無情裹挾和撕裂的社會中，誰能獨善其身，誰能罷脫羈絆。但我們看到，雖然飽經戰亂流離，十年浩劫、人鬼顛倒，冰心的文字卻永遠那麼純淨，永遠那麼清麗，彷彿不染纖塵。她總是懷抱感恩和寬恕之心。有人嫌她的文字虛偽和矯情，但我始終覺得她的文字是真誠而磊落的，能夠在長達七十年的文學創作生涯中，一直保持文字如斯的乾淨清明、簡潔秀雅，這只能源於她性格和思想中強大的自淨能力。正如那孕育了物種最初生命的海洋，幾千年來多少汙濁，多少鮮血加諸其身，但它依然回報給人類碧波萬頃，白浪無瑕。

也許是冰心少年時深受基督教教義的影響，也許是求學與閱讀讓她對生命有了一種澄澈的感悟，正是這種自淨能力，讓她的心靈滌蕩了恩怨，洗去了苦難，她的眼睛只願看見美好，她的記憶只會烙下甜蜜。所以，難怪郁達夫這樣評價她：「冰心女士散文的清麗，文學的典雅，思想的純潔，在中國好算是獨一無二的作家了。」

如我們若稍作比較，我讀張愛玲的《燼余錄》時，總感歎二十四歲的愛玲，筆下呈現出的是極度荒涼和疏離的人生觀，猶如歷經滄桑的老人，過盡千帆皆不是；而讀冰心耄耋之年寫的文字，卻如二十四歲的妙齡少女，依然對生命充滿了憧憬、驚喜和感動。歲月的流逝，帶走她的只是她的容顏，而沒有帶走她內心的純真。她的文字沒有隨著年齡和閱歷的增長，而變得老辣，在冰心的筆下，她似乎永遠是那個疊起一隻又一隻的白紙船，寄予母親心海裡的小女兒，永遠是那個雪地裡凝視縱橫相思的初戀少女，永遠是娓娓道來的溫柔大姐。永遠是海的女兒，「我們讀冰心的詩文，強烈地感覺到冰心筆下的海是有生命的，有鮮明的性格的，而不是無生命地機械地運動著的一片茫茫大水。這固然因為冰心寫海的一些篇什往往用擬人的表現手法，賦予海以喜怒哀樂、思想情懷；但更重要的原因是，作者心目中先將海當作一個活生生的人，凝視她，呼喚她，與她傾心交談。作者常常將一腔柔情、滿腹塊壘向海傾訴；歡樂時與海共用，痛苦時有海分擔，孤寂時海來陪伴，悒悶時海來安慰，所以，冰心筆下的海，完全是『人化了的自然』。」

人們往往更愛讀張愛玲的文字，因為更耐咀嚼；但是，我想大家更願意擁有如冰心般的人生和心境。博納科夫曾說，一個作家的寫作，往往只是不斷地書寫他前二十五年的人生歷程，也就是說一個作家的人生體驗主要是在前二十五年。這對於其他作家可能有失偏頗，但對冰心卻是一語中的。冰心在二〇年代初期聲譽已達到巔峰狀態，一九三二年《冰心全集》出版，一共只不過三冊，短篇小說、詩、散文各一冊。作為一個知名的現代文學作家來說，當時冰心的作品可說相當少。而晚年的冰心，主要以散文創作為主，再也沒有出版小說和詩集，儘管這一時期她的散文相當高產，但內容也多是一個女兒對於父母、祖父母的追思，對於平輩的兄弟姐妹朋友的憶念，對往昔歲月一山一水，一草一木，一花一葉的感懷罷了。冰心的文字極少涉及政治，讓人感覺她是個不關心政治，脫離政治的書齋女作家，但實際上她決不是不關心社會，不關心人民的生活，她厭惡的是醜惡的爭權奪利，回避的是骯髒的黨同伐異，她只是單純地希望「可以過一輩子的備課、教學、研究的書呆子生活了。」

只是很少有讀者能剝開那堅硬如冰的外殼，瞭解她潛藏深沉的理想和激情。在許多時代命運的關鍵時刻，在大是大非面前，冰心沒有手足無措、彷徨無助，而是恰如其分地表現了她的勇氣、淡定和睿智。

五四運動時，她奔走呼號，熱心於救國學生運動；抗戰期間，冰心甘於拮据的生活，寧可自己張羅「柴米油鹽，看守孩子」，也不願接受有特殊背景的婦女指導委員會的聘金聘書。當「反右」時丈夫吳文藻，一個很有才華的著名社會學家，被錯劃為右派時，冰心堅定地站在丈夫身旁，「如果文藻是右派，那我就是更大的右派」，在當時人人自危的局勢下，一個弱女子能如此坦率地說出這樣的話，不能不令人欽佩她的勇敢。

而到了那個風起雲湧的春夏交接之時，已是八十九歲高齡的冰心，竟會顫顫巍巍地出現在當時已是眾矢之地的廣場上。這一切的一切，難道是為了聲援那些讀著她的《寄小讀者》、《小桔燈》而長大的孩子們嗎？我想，這只有讓我們坐在自淨的大海的邊上，仰望著蒼穹上滿天的繁星時，才能找到的答案。

妙詩賞讀

一

老年人對小孩子說

「流淚罷
歎息罷
世界多麼無味呵！」
小孩子笑著說
「饒恕我
先生！
我不會設想我所未經過的事」
小孩子對老年人說
「笑罷
跳罷
世界多麼有趣呵！」
老年人歎著說
「原諒我
孩子！
我不忍回憶我所已經過的事」

二

流星
飛走天空
可能有一秒時的凝望
然而這一瞥的光明
已長久遺留在人的心懷裡

三

母親，好久以來
就想為你寫一首詩
但寫了好多次
還是沒有寫好

母親，為你寫的這首詩
我不知道該怎樣開頭

不知道該怎樣結尾
也不知道該寫些什麼
就像兒時面對你嚴厲的巴掌
我不知道是該勇敢接受
還是該選擇逃避

母親，今夜我又想起了你
我決定還是要為你寫一首詩
哪怕寫得不好
哪怕遠在老家的你
永遠也讀不到……

母親，倘若你夢中看見一隻很小的白船兒，
不要驚訝他無端入夢。
這是你至愛的女兒含著淚疊的，
萬水千山，求他載著她的愛和悲哀歸去。

四

嫩綠的芽兒
和青年說
「發展你自己！」
談白的花兒
和青年說
「貢獻你自己！」
深紅的果兒
和青年說
「犧牲你自己！」

一一

無限的神祕
何處尋他
微笑之後
言語之前
便是無限的神祕了

沉寂（冰心譯）

一

盡思量不若不思量，
盡言語不如不言語；
讓他雨兒落著，
風兒吹著，
山兒立著，
水兒流著——
嚴靜無聲地表現了，
造物者無窮的慈愛。

二

盡思量不若不思量，
盡言語不如不言語；
總是來回地想著，

來回地說著，
也只是無知暗昧。
似這般微妙湛深，
又豈是人的心兒唇兒，
能夠發揚光大。

三

盡思量不若不思量，
盡言語不如不言語；
愛慕下，
只知有慈氣恩光，
此外又豈能明悟。
我只口裡緘默，
心中蘊結；
聽他無限的自然，
表現出無窮的慈愛。

冰心簡介

冰心（一九〇〇年～一九九九年），原名謝婉瑩，福建長樂人，中國詩人，現代作家，翻譯家，兒童文學作家，社會活動家，散文家，晚年被尊稱為「文壇祖母」。一九〇〇年十月五日出生於福州一個海軍軍官家庭。一九一八年入讀協和女子大學理科，開始嚮往成為醫生，後受「五四」影響，轉文學系學習，曾被選為學生會文書，投身學生運動。一九二三年出國留學，到美國波士頓的威爾斯利學院攻讀英國文學，專事文學研究。一九二六年冰心獲得文學碩士學位回國，先後在燕京大學、北平女子文理學院和清華大學國文系任教。一九二九年六月十五日，冰心與吳文藻在燕京大學臨湖軒舉行婚禮，司徒雷登主持了他們的婚禮。一九四六年被東京大學聘為第一位外籍女教授，講授「中國新文學」課程。一九五一年回國。一九九九年二月二十八日二十一時十二分冰心在北京醫院逝世，享年九十九歲，被稱為「世紀老人」。

主要作品有詩集《繁星》（一九二三）、《春水》（一九二三）、《冰心詩集》（一九三二）。上海文藝出版社一九八二年開始出版五卷本《冰心文集》，收入一九一九至一九八二年創作的絕大部分作品，按體裁分卷，是迄今為止較為完善的一部文集。冰心還翻譯出版過泰戈爾的詩集、劇作和其他一些外國作家的作品。

《春雨》・盧冀野・豐子愷

一九三〇年上海開明書店初版

一

那日，在烏鎮參加「孔另境紀念館開館儀式暨新書發布會」，正好碰到豐子愷先生女兒豐一吟，我們一起站在紀念館後面一條小河邊，清悠悠的水在我們腳下流淌著。因開館議式還有十多分鐘，就利用這短暫的時間，我與豐先生一邊寒暄，一邊看著河面的流動。之後，我就向她談起一些瑣事，以及談起尚未刊出的上世紀三十年代的一些豐子愷漫畫。她聽了很感興趣，對我說道：「那很好呀，能否把你已收集到的這些未刊漫畫給我，讓我一睹為快，真感謝你了！」

當時，時間匆匆，周圍又沒有一張桌椅，她只能站著用筆在手頭抄了一個郵箱給我。開館議式結束後，各分東西，沒有再見面。但第二天，她在上海，發覺用錯了一個郵箱。她就急急地又用手機發來短信，糾正了前址。其實，半年前她早就告我通訊址，我們還通了電話。那是緣起於二〇〇六年，拙著《詩魂舊夢錄》出版後，她讀到了我收入該書中的一篇隨筆《記豐子愷》，她即通過上海遠東出版社的伍啟潤編輯，轉交了我一封信，主要談了她想收集豐子愷先生，尚遺留民間未收進集子的詩文與畫的事。

說真的，此事近十多年來，我一直在留意著，原因很簡單，我喜愛豐子愷的畫。平時，凡我發現豐子愷在民國一些書中的插畫，總逐一與已經出版的豐子愷漫畫集對照，尚未刊出的，隨時掃描存於電腦。

趁「五一」長假之時，我把豐子愷於一九二六年為盧冀野的第一部詩集《春雨》，以及相隔八年後的第二部詩集《綠簾》所作之漫畫，全部發給了豐一吟先生。當她打開電腦收到這些從未過目的畫，那欣慰之情，無不溢於心頭。她欣賞著時，即隨手發我短信。她說：「啊，這麼多從未見過的畫，且都是上世紀三十年代之際極珍貴的東西，真太好了。謝謝你啦！」

我向她建議，這些未收進豐子愷集子的畫，是否可再出一個《拾遺集》，她即又發來短信說：「你的建議很好，值得讓我考慮……。」最後我向她說，如果在未來的《拾遺集》中，能配上像清末江南一些藏書家貫用的那般有一段「識文題詞」，也許就更顯出其歷史的韻味。她立馬又發我短信說：「你說得對，以前這方面考慮較少，日後肯定要做得好些。希望多保持聯繫！」

說起豐子愷先生，無論他的漫畫、他的文字、人品，總讓我崇敬不已。他的漫畫，已結集九卷，賞析每一幅畫，總各有神韻，令你百看不厭。誠如吾鄉前輩俞平佰先生所評，他的畫：「既有中國畫風的蕭疏淡遠，又不失西洋畫的活潑酣恣。雖是一時興到之筆，而其妙正在隨意揮灑。譬如青天行白雲，卷舒自如，不求工巧，而工巧殆無以過之。看它只是疏朗朗的幾筆似乎很粗率，然物類的神態悉落彀中。這絕不是我一人的私見，您盡可以相信得過。……」

鄭振鐸先生，對豐子愷的畫印象也極深，他曾說：「我嘗把它們放在一處展閱，竟能暫忘了現實的苦悶生活。有一次，在許多的富於詩意的漫畫中，他附了一幅〈買粽子〉，這幅上海生活斷片的寫真，又使我驚駭於子愷的寫實手段的高超。我既已屢屢與子愷的作品相見，便常與愈之說，想和子愷他自己談談。有一天，他果然來了。他的面貌清秀而懇摯，他的態度很謙恭，卻不會說什麼客套話，常常訥訥的，言若不能出諸口。我問他一句，他才樸質的答一句。這使我想起四年前與聖陶初相見的情景。我自覺為他所征服，正如四年前為聖陶所征服一樣。我們雖沒談很多的話，但我相信，我們都已深切的互相認識了。隔了幾天，我寫信給他道：『你的漫畫，我們都極歡喜，可以出一個集子嗎？』他回信道：『我這裡還有許多，請你來選擇一下。』一個星期日，我便和聖陶、愈之他們同到江灣立達學園去看畫。他把他的漫畫一幅幅立在玻璃窗格上，窗格上放滿了，桌上還有好些。我們看了這一幅又看了那一幅，震駭他的表現的諧美，與情調的複雜，正如一個貧窶的孩子，進了一家無所不有的玩具店，只覺得目眩五色，什麼都是好的。……」

上述所引俞、鄭的評論，說明了在人們心中，豐子愷形象以及他的畫藝，早就深入人心。如今，當我讀盧冀野平生所留下的詩集時，發現詩集中的一幅幅豐先生當年為作者畫的漫畫，我也一如闖入了一家玩具店，只覺得五色目眩，什麼都好！而且因為這些畫，還尚未被人發現，也尚未結集出版，所以就更俱一種神祕感了。

難道不是嗎？讓我們先一睹當年豐先生，特地為盧冀野畫的一幅人物漫畫。從這幅畫中，突現於我們的視野中的，是我們看到了盧先生當年一副多麼瀟灑的風姿。當年，這位被大家稱為「江南才子」的盧冀野，今日知道這位學者兼詩人名字者，已經不多了。

但倖存有文字的記錄，不妨一讀謝冰瑩一九四〇年冬，在西安時所見盧先生的形象描繪：「眼前出現了一個胖胖的圓圓的臉孔，濃黑的眉毛，嘴上有短短的鬍鬚，穿著一身黑色的棉布中山裝，手裡拿著一根黑色的手杖，看起來活象一個大老闆；誰知道他卻是鼎鼎大名的江南才子盧前——冀野先生。」

一個拿著手杖、胖胖的，盧冀野的形象，在豐子愷筆下，只寥寥幾筆，就為我們就勾畫出了那時他，豐先生卻稱他為「盧冀野詞翁印象」。（見畫）這也足見當年盧是以一個著名詩人、詞人之形象，見著於世。但我見了這形像，竟如此恣肆痛快，奇崛雄偉，令人愛佩。

二

盧冀野早年的名句：「若問江南盧冀野，而今消瘦似梅花」，流傳甚廣。其散曲代表作《飲虹五種曲》，最引以為他自得，也最獲人們之好評。他著力搜集民間樂府，校勘、整理、出版的《飲虹樂府》及《飲虹簃所刻曲》多達三十餘種。受「五四」新文化運動的影響，他早年就嘗試新文學的創作。故盧主張新詩欲寫得好，必以古典詩歌的韻來創造新詩，尤需重視引入詞曲。這主張倒是和董橋的理論相同，董在一篇《給自己進補》之文中，也說你欲寫好文必多讀詞曲。

一九一九年的盧冀野，就寫新詩，時年僅十四歲。他對一些人寫全無詩味的白話「新詩」，很不以為然。但他的兩本新詩集《春雨》和《綠廉》，卻反映了新詩的另一種意蘊。

盧詩音節和諧、詩意婉轉，彷彿是「妙齡少女，徘徊玫瑰花前」（翟秀峰評語），富有清新的氣息和韻味，在中國現代文學史上，自有其特色和影響。兩本詩集的書封，為豐子愷裝幀設計，且兩本詩集均由豐子愷題簽，其創意充溢了幽默與雋永。豐子愷為書籍作的封面設計、插圖、題頭畫和尾花裝飾，盎然著濃厚的生活情趣。

豐子愷為詩人盧冀野的詩集《春雨》（一九三〇年上海開明書店出版）作的封面設計，是很有生活情趣的一幅：繪著兩個女孩，合撐一頂大雨傘，穿著成人的大雨鞋，快樂地在春雨中走路。畫面借助視覺形象，把來自生活的詩意形象化，並且補充豐富了詩意的生活氣息，是一幅構思巧妙、點題明確、藝術感染力強烈的書封佳作。豐子愷為俞平伯回憶童年生活的詩集《憶》作的插圖，也同樣有著濃烈的生活氣息撲面而來。

如今回憶二次世界大戰中，美軍軍中閱讀書籍，多袖珍本，過舊書攤，琳琅滿目，至今我們還能淘到這類小書。而盧冀野詩集《春雨》，四十八開本，也於一九三〇年五月出版。其實，《春雨》曾經由南京書店，印行過一次，是三十二開本，於一九二六年十一月出版，分前後兩部，前部收詩三十二首，附錄《哀歌浦》、《明月夜憶明月樓往事》、《怨蓬萊》三篇。後部由武昌盲樂師冒烈卿逐首制譜，並有朱錦江、李清悚插圖多幅，篇首有文言自序。後開明書店改版，由厲小通代刪，剩詩二十首，《代序》一首——詩題為「不堪回首是當年」。末附自記《付印後記》，作於一九二八年暮春。最後是《讀春雨》一篇。此乃是幾位朋友的簡筆書評。這在當年各詩集中也屬少見。書中插圖八幅，是出於朱錦江手筆。

《春雨》中，當年，盧以《寒食節放歌》一詩，而馳名於世。今不妨一讀：

君不見雨花臺上年少狂奴，／踏青去，拍手高呼；／多少年來，多少囚徒！／血花濺處，只墓草青青無數。／從今為新中華開闢光明路，／發願：入地獄捨身地獄。／呼不盡中心情熱，蕩不淨人們汙濁！／哦，狂奴！日暮窮途，山頭獨哭。

此詩是用詞曲語言，抒發了一個詩人的愛國情懷，韻律和諧，節奏感強。詩集中的《白門柳》、《本事》等，均是憶舊懷人、傷亂悵別之作，讀詩後，茲生出另一種愁情。如《白門柳》：

我愛你櫻唇嬋鬢，況又是幽嫻貞靜；縱不說你是個嬋娟誰人信！
我愛你漆顏鶴髮，況又是水木清華；誰曾料你說出怕死貪生話！
白門柳閶門笛，胡馬馳驟中原急。問莽莽的乾坤從此無消息！

其實，詩人盧冀野雖看到人世間偶有閒情，可自已卻別有一番愁緒在心頭。我們再一讀他自序，就知曉：「自從《春雨》降到人間以來，歌詠春雨的心情，早已是如夢一般的去了。其間隔越有了五年之久，詩筆荒疏，心如廢井。……慈父見背，八口之家，求衣求食……還有什麼心腸去執筆呢？」

真是一番話，風雨多愁。當時的盧家，他要負擔八口人的生活，可見其辛苦而勞碌，當年軍閥當道，人民處於饑寒交迫，傷亂離憂之中，雖詩人沒有怨尤怒氣，但倒有點兒似《詩經》中的那篇「碩鼠」所雲「碩鼠碩鼠，無食我黍。」「逝將去汝，適彼樂土」之情境矣。

三

然詩人之不幸，卻往往是讀者之幸，因為詩人之不幸，正是給人們帶來了好詩。中國幾千年來如斯，唐之杜甫，宋代蘇軾，也許，這幾乎成了千古出詩人的規律。當年，聞一多最喜歡《綠簾》中那首《綠簾無語望黃花》的詩。豐子愷不知何故？也喜歡上這首最俱韻味的新詩，特又為此詩作了一幅漫畫。

在這幅畫中，豐先生為其設計了襯著綠簾的背景，只見走下三個石階，滿地就是一盆盆的黃花堆積，最奇的是，那階前尚拋著一把摺扇。……有時我想，不知豐先生在構思此畫時，是否受到了李清照詩的影響？「滿地黃花堆積。憔悴損，如今有誰堪摘？」

但如今豐先生早駕鶴西行，這可誰人知曉，可只有留下個謎讓人去考證了。（見豐未刊畫）

「枉負一片深情！／知我者惟此酒，／這春風吹處，／早吹起了無盡的閒愁——……，春雨啊，／願你從此灑到人間，／把春魂喚回，／把春魂喚回；／好，／去吧！」

我想，這《春雨》中，那點點滴滴的詩句，那字裡行間正在流動之韻律，配了豐先生疏朗朗的幾筆動人心弦的畫，也許，這正是充分反映了詩人與漫畫家一起，正無奈地生活在一九二九的中國，那已遠去了的時代，和他們倆共有的心態。

這也正如梁實秋先生所說的：「作詩要先作詩人，若盧君之胸襟吐屬，大可謂詩人矣。」這是否也印證了此詩集於扉頁上，詩人是聲明了：「此集獻於東方貞德」，還有詩人盧冀野在這詩集襯紙上專放上一銅板紙，上印了自已全身立照，下寫上四字：「詩雨春吟」。我思忖著，這莫非就是一個苦吟詩人，在民國時代的絕唱矣。

妙詩賞讀

本事

記得那時你我年紀都小：
我愛談天你愛笑。
有一回並肩坐在桃花下，
風在林梢鳥在叫。

我們不知怎麼樣困覺了，
夢裡花兒落多少？

寒食節放歌

君不見雨花臺上年少狂奴，
踏青去，拍手高呼；
「多少年來，多少囚徒！
血花濺處，只墓草青青無數。
從今為新中華開闢光明路，
發願：入地獄捨身地獄。」
呼不盡中心情熱，蕩不淨人們汙濁！
哦，狂奴！日暮窮途，山頭獨哭。

懷田漢

初逢在靜安寺外，

握手相看一笑
綠酒紅燈都成夢了。
今夜風寒如許，
望望這明月江天
照著幾個飄零詩侶？

白門柳

我愛你櫻唇蟬鬢，
況又是幽嫻貞靜；
縱不說你是個嬋娟誰人信！
我愛你漆顏鶴髮，
況又是水木清華；
誰曾料你說出怕死貪生話！
白門柳閶門笛，
胡馬馳驟中原急。
問莽莽的乾坤從此無消息！

盧前簡介

盧前（一九〇五年～一九五一年）原名正紳，字冀野，自號飲虹、小疏，江蘇南京人。戲曲史研究專家、散曲作家、劇作家、詩人，詞曲大師吳梅的高足。自小聰穎，「十歲能文章」，「年十二、三始好韻語」。一九二一年投考國立東南大學國文系，雖中文成績優異卻因數學零分而未被錄取，翌年以「特別生」名義被錄取入國文系，師從吳梅、王伯沆、柳詒徵、李審言、陳中凡等人。畢業後曾受聘在金陵大學、河南大學、暨南大學、光華大學、四川大學、中央大學等校講授文學與戲劇課程。

主要作品包括新詩集《春雨》、《綠簾》，小說集《三弦》，古典詩集《盧冀野詩抄》，詞集《中興鼓吹》，散曲集《飲虹樂府》，劇作《飲虹五種》、《女惆悵爨三種》、《楚鳳烈傳奇》，報導文學《丁乙間四記》、《新疆見聞》，以及譯作《五葉書》、《沙恭達羅》兩種等。學術著作則有：《中國戲劇概論》、《明清戲曲史》、《論曲絕句》、《讀曲小識》、《詞曲研究》、《散曲史》等。以及《何謂文學》、《近代中國文學講話》、《八股文小史》及《酒邊集》等散論。

盧前一生熱衷於保存、傳播中國古代文化典籍。他搜集、整理、彙校並刊刻了大量的中國元明清三代的曲籍，經其整理出版者達數百種之多。其中最著名的即《飲虹簃叢書》、《飲虹簃所刻曲》。

邵洵美與《詩二十五首》

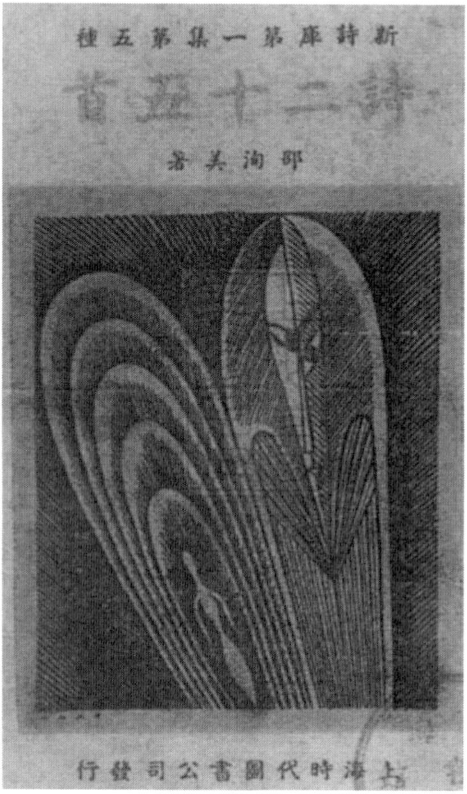

上海時代圖書公司一九三六年四月初版

一

邵洵美在三十歲時，曾說過：「是喬治・摩爾引領我走進了文學的寶庫。」確實人說「師父領進門，修行在自已。」從十七歲他就開始寫新詩，幾乎一生致力於新詩的發展。當然，從他一生看，寫的是從「舊詩到新詩，又複歸於舊詩」。但古希臘女詩人莎茀的靈性，時攪動著這位年輕人的幻想，從而使他寫滿了詩句的本子，猶如一疊疊的作業簿，越積越多。但總的說來，邵洵美於現代詩歌群體中，是一個「唯美主義的詩人」。

這樣的稱譽，半個多世紀以來，一直以為唯獨資產階級，才有此專利，這無疑是一個誤區、一種荒謬。十九世紀三十年代英國詩人濟慈曾說：「美的東西就是永久的歡樂。」莫理思先生還解為，「改造社會的目的，是自由地伸展，就非使日常生活藝術化不可。任何文明社會，假如不能對它的成員提供這種環境，那麼世界就沒有存在的必要。」而我們對「唯美」的理解，直到改革開放後，才慢慢接受了這樣的思維定勢與價值形態。

一九二七年，邵的詩集《天堂與五月》出版，內含詩歌三、四首，扉頁上印上了「給佩玉」三字，是給他妻子的一個詩的禮物。而趙景深撰寫了評論，認為是《糟糕的「天堂與五月」》。邵洵美寫了篇《「天堂與五月」作者的供狀》，以示回應。他說：「老實說，《天堂》裡的詩，除了曾在《晨報・副刊》登過的《我只得也像一隻知足的小蟲》比較過得去外，其餘都為自己不滿意的。比較滿意的以及歸國後寫的都收集在《五月》裡。志摩喜歡我那首《春》。許多首我原本不願收錄進去，但滕固說，第一本詩集不過是為孩童時代留些痕跡的，何必選擇？這過錯滕固應負責。我現在力求將我的過錯改去，我已將我第二本詩集《花一般的罪惡》編好，等我的書店辦來，即能出版。那時我想，總能贖我的罪惡於萬一。我知道，過於修飾，以及缺乏情感，是我最壞的錯誤。我實在對讀過《天堂與五月》，尤其是出錢買來讀的一般讀者致歉！我認為如此作答，禮貌、文明。」說明文人之間，在二十世紀三十年代之水準。

《花一般的罪惡》出版後，一九三六年，邵的第三本詩集《詩二十五首》出版。詩人在自序裡寫道：「當時只求豔麗的字眼，新奇的詞句，鏗鏘的音節，竟忽略了更重要的還有詩的意象。」

這當然是詩人自我的要求。但我認為：《詩二十五首》集，不太厚，一小時即可讀完，但欲完整理解這部詩集的心靈意蘊，與許得化上半個世紀。這決非危言聳聽。這個時期，詩人讀了許多英國大文豪喬治・摩爾的文章，也翻譯了好幾篇，從中獲取很多養料。另則，時至今日，無論從時代演化、作品產生，乃詩人疑聚之思想；無不可作為研究上世紀三十年代的一段中國歷史來看。而且，我們還可從另一角度去思考。那些曾被魯迅罵過的人，大都也是在此時期。（邵詩人也算是最慘的一位）如若從現代詩的歷史觀，來作深度的透視，也正可作為深入研究那時代的一把鑰匙。

由於我淘藏此詩集，迄今已二十多年，每讀至興上，我總抄上一、二首在筆記本上，外出或車途中，可慢慢吟誦。這書由上海時代圖書公司一九三六年四月初版；小三十二開本豎排，前有論詩自序。該詩集印製也考究，放在一九八五年前的印刷技術，恐還難找第二家。乃因創辦圖書公司，就是詩人自已，故格外善待。封面設計出自誰手？多年來，我問了許多書裝家，終不明其意。陳子善兄說：「我懷疑就是作者自已」。顯然是印象派手法，究出誰手，留待方家考證。（見書影）

邵洵美（一九〇六年～一九六八年），祖籍浙江餘姚，生於上海，詩人、翻譯家、出版家。青少年時就喜寫詩，他與表姐盛佩玉初識時，便寫了首《Z的笑》，以詩定情。赴歐留學前夕，未婚妻為他織了件白色毛背心，他又寫了首詩《白絨線馬甲》，這處女作發表在《申報》上。

作者曾說：「最初的時期尚以為是自己的發現。我寫新詩從沒有受誰的啟示，即連胡適之的《嘗試集》也還是過後才見到的。」還說：「寫成一首詩，祇要老婆看了說好，已是十分快樂；假如熟朋友再稱讚幾句，更是意外的收穫；千古留名，萬人爭誦，那種故事，我是當作神話看的。」—《「詩二十五首」自序》

自「五四」新文化後的啟蒙，現代白話詩興起，邵洵美和胡適、徐志摩、俞平伯等，可說是同時代的詩人。一九二四年，十八歲的他，在英國劍橋以及法國就寫有《花姊姊》、《戀歌》等詩，後輯成詩集《天堂與五月》，即於一九二六年十二月由光華書局出版，那時他二十歲。想起九十年前一個尚是「垂髫」年齡青年，就出版詩集，不太多見。故郁達夫讀了後曾說：「邵洵美是個很好的詩人。」新月派詩人陳夢家，喻他的詩為「洵美的詩，是柔美的迷人的春三月的天氣，豔麗如一個應該讚美的豔麗的女人。」而那時，從湘西走出的小說家沈從文，卻認為：「以官能的頌歌那樣感情寫成他的詩集，讚美生，讚美愛，然而顯出唯美派人生的享樂，對於現世的誇張的貪戀，對於現世又仍然看到空虛。」

邵洵美自已卻說：「十年的詩祇有二十五首可以勉強見得來人，從數量方面說，真是寒酸得可憐。」還說，「我寫新詩已有十五年以上的歷史，自信是十二分的認真；十五年來，雖然因了幹著吉訶德先生式的工作，以致不能一心一意去侍奉詩神，可是龕前的供養，卻從沒有分秒的間斷，這是我最誠懇最驕傲的自白。」

二

「幹著堂吉訶德先生式的工作」，這是詩人自揄的話。詩人多才多藝，幾十年的人生中，邵洵美還為大家做了許多文化公共事業。記得一九八〇年代後，我曾隨一前輩拜訪過邵洵美夫人盛佩玉女士，（當時盛居住湖州女兒邵陽家）夫人坦誠說：「邵家世居上海，洵美自幼聰明，愛讀書，喜繪畫，臨過《十三行》，寫得一手好小楷。十八歲留學英國。有一年暑假，去法國學畫，認識了徐悲鴻、張道藩、徐志摩等，意氣相投，遂義結金蘭。」邵夫人還說：「洵美在英法留學二年後，歸國完婚，當時他二十歲，時居上海南京西路的同和裡。那時一邊從事詩創作一邊辦『金屋書店』，出版《金屋月刊》，自當編輯，自任經理。二年後又接辦徐志摩已虧損的『新月書店』，還與志摩一起出《新月詩刊》。當時，新月成員胡適、葉公超，潘光旦、羅隆基、曹聚仁、林語堂、沈從文、聞一多、夏衍、鄒韜奮、徐悲鴻、劉海粟、張光宇、丁悚等，常來我家，高朋滿座、好友如雲。郁達夫還說我們家是『座上客常滿，樽中酒不空。』」記得那次的拜訪，才知《魯迅全集》注解中說到的《十日談》、《人言》雜誌，郭明編輯；其實「郭明」便是邵洵美所用筆名。

一九二八年三月，邵洵美在金屋書店出版了譯詩集《一朵朵玫瑰》、文藝評論集《火與肉》，五月又出版了第二本詩集《花一般的罪惡》，那時他二十二歲。爾後，到國外訂購新式印刷機，辦了《時代畫報》、創辦了《論語》、《詩刊》、抗日宣傳刊物《自由譚》、《時代電影》等刊物。時代印刷公司，是我國第一家採用影寫版印刷技術的出版機構。

一九三六年三月邵洵美為推進新詩發展，出版了《新詩庫》，為十位詩人各出一本，包括徐志摩的《小魚集》，以及他自己的詩集《詩二十五首》。其中有方瑋德的《瑋德詩文集》，梁宗岱翻譯的詩集《一切的峰頂》，陳夢家的《夢家存詩》，金克木的《蝙蝠集》，朱湘的《永言集》，羅念生的《龍涎》，侯汝華的（《海上謠》，徐遲的《二十歲人》，孫詢侯的《太湖集》等。當時在各種複雜條件下，在那惡劣的局勢下，邵確是冒著賠本的風險，為中國文學中的新詩繼續向前推進，幹的一樁非常了不起的事。

邵洵美一直致力於對新詩詩藝的探索，他曾說：「詩，最高的藝術，更不能離掉形式而有偉大的生存。」他又說明對於新詩努力的步驟，在於創作，理論和翻譯：創作所以施行和實驗，理論所以指導和匡扶，而翻譯則是輔助我們前進的一大推動力。」這般對詩的深入理解，表明了詩並非是政治的口號，更是是淪為所稟報「偉大之喉舌」，這在至今還是有用的至理。

李歐梵曾說，在現代文學史裡，邵洵美比大部分作家不為人知，乃因他「最不符合有社會良知的五四作家典型」。然這位對現世看得虛空的詩人，無論為別人做事乃或自已寫文作詩，卻是踏實與認真的。

在此，我想僅舉一例，在《詩二十五首》中，最後一頁附有「正誤」表，做得極認真。例如，第八頁，有一標點，「逗號」應改句號。第一四頁第二行，指出必需「低」一字排。一個「舞」字，要改為「動」字，一個「著」字，應改作「著」，一個「墊」要改成「填」字……。就我所見上世紀三十年代出版之詩集，很少有這般的認真。

鑒此可見邵洵美，並非是魯迅所抨擊的：「開一隻書店，拉幾個作家，雇一些幫閒，出一種小報，就自以為是文學家了。」更非魯迅在《拿來主義》一文所說：「某些人……因為祖上的陰功，得了一所大宅子，且不問他是騙來的……或是做了女婿換來的……」

今日，我們很多人知道邵洵美的名字，就因魯迅《拿來主義》中的這段話，後被收錄進了高中語文課本，流傳極廣。還作注說：「這裡諷刺的是做了富家翁的女婿而炫耀於人的邵洵美之流。」、「有富岳家，有闊太太，用作陪嫁，作文學資本」。這，一時成了文藝界的鐵板定論。

在長達半個世紀左風的盛刮下，能有人質疑嗎？否則你也成了右派。

一九五八年，又飛來橫禍，詩人蹲了四年大獄，遭了一場無妄之災。若從邵洵美的人生命運來說，魯迅一條注釋，確給了他一生坎坷的由頭。

三

「你以為我是什麼人？是個浪子，是個財迷，是個書生，是個想做官的，或是不怕死的英雄？你錯了，你全錯了，我是個天生的詩人。」（《你以為我是什麼人》）也許，由於邵洵美是一位率直的詩人，註定了他的不幸！

在《花一般的罪惡》裡，有一首長詩《洵美的夢》，此詩曾發表在《詩刊》創刊號上（一九三六年一月）「……我輕輕走進／一座森林，我是來過的，這已是／天堂的邊沿，地獄的中心。／我又見到我曾經吻過的樹枝，／曾經坐過的草和躺過的光陰……」

讀後，我想：「詩人的桂冠，難道就在那天堂的邊沿、地獄的中心？」這不真印證了邵洵美的前半生（似天堂），也預言了詩人後半生的坎坷曲折（猶地獄）。難道這便是一個詩人之夢？想起中國詩人的命運，我心靈為之倍覺黯然。當然，也被他優美的詩所動情。難道詩人們就是「一群憂鬱的、很快就要被人忘卻的，將要無聲無臭地在這世界上走過」的人嗎？（萊蒙托夫語）這又使我想起賈植芳老的一段話：「我後來一直說，邵洵美是集詩人、翻譯家、出版家於一身，但中國解放以後出版的文學史裡，卻沒有他。」

的確，這樣的詩人，早為人所忘，他似乎孤獨地在這世界上走過了。雖說，邵洵美在出版事業上，有著不可替代的貢獻；尤於抗日戰爭烽火下，曾冒著危險把毛澤東的《論持久戰》英譯本，經他而順利出版。

解放後，邵洵美埋頭於翻譯工作，譯作有拜倫的《青銅時代》、雪萊的《解放了的普羅米修士》、泰戈爾的《兩姐妹等》，他是翻譯界公認的一流翻譯家。解放後，他曾為之奮鬥一生的新聞出版業上的先進設備和技術工人，被國家一併接收了，這就是後來的新華印刷廠。黃苗子曾說：「《時代畫報》、《時代漫畫》、《萬象》對中國漫畫的發展起了很大的作用，漫畫的發展也影響到繪畫的發展。如果沒有洵美，沒有時代圖書公司，中國的漫畫不會像現在這樣發展。」

但是，當年翻出詩人的階級成分一看：「其祖父邵友濂，同治年間舉人，官至一品，曾以頭等參讚，出使俄國，後任湖南巡撫、臺灣巡撫。外祖父盛宣懷（亦即邵妻盛佩玉的祖父）又是著名的洋務運動的中堅人物，中國近代的第一代大實業家，富甲一方。又因邵洵美過繼給伯父邵頤之關係，按譜系，李鴻章又是他的叔外祖父。如此一個邵、盛兩家聯姻之家，就其地位之顯赫和榮華，解放後，正屬於大地主、封建官僚的家庭出身。」再說，又有早年魯迅給他定為「惡少」之累，那一波又一波政治運動，豈能容得了這樣純真的詩人？

作為詩人氣質的邵洵美，當然，逃脫不了「反右」運動之厄運。爾後，更逃脫不了「文革」

的浩劫。邵洵美於一九五八年被逮捕審查，蹲了大獄，一九六二年雖被釋放；緊接著是「文革」更大的一劫，挨鬥受批判，直至死時，孤苦伶仃。窘迫得連身新衣服也沒有。「在動盪的歲月中，又受疾病的折磨，真是悲慘傷心。走時儀容極端莊，就像睡著了一樣。」（見盛佩玉《盛氏家族・邵洵美與我》）

四

詩人的身世，無論顯赫或悲哀，是社會的產物。但是，作為我，更多的是喜歡他的詩。讀《詩二十五首》集，若以個人之好，總以為《季候》是一首好詩：「初見你時你給我你的心／裡面是一個春天的早晨／再見你時你給我你的話／說不出的是熾熱的火夏。／三次見你你給我你的手／裡面藏著個葉落的深秋／最後見你是我做的短夢／夢裡有你還有一群冬風。」

雖是一首短詩，但似感覺到詩人心靈的呼吸，湧動著的是一種難以言說的溫情。

「我敬重你，女人，我敬重你正像／我敬重一首唐人的小詩——／你用溫潤的平聲乾脆的仄聲，／來捆縛住我的一句一字。／我疑心你，女人，我疑心你正像／我疑心一彎燦爛的天虹——／我不知道你的臉紅是為了我，／還是為了另外一個熱夢。」（《女人》）

另有《贈一詩人》。這詩，是描寫詩人自已，但字裡行間透出幽默：「假使一百年後再有個詩人／他一定不像我也不像你／溫柔箍緊他靈活的身體／他認不得這是黃昏這是春。／啊，他再不會記得我，記得你／他再不會念我們的詞句／在他眼睛裡我是個瘋子／你是個搽粉點胭脂的花癡。／但是，也許有個夢後的早晨／枕邊聞到了薔薇的香氣／他竟會伸進他襯褥底裡／抽出兩冊一百年前的詩本。

邵洵美對新詩有他獨到的見解。他說：「新詩人要創造新的字彙，他要使最不調和的東西和諧地融合。其實詩人的使命是點化，『詩像是一幅宇宙的圖畫，沒有慧心，不可能在一瞟眼間，領悟其靈機。懂不懂是一件事，但不能因為不懂，而說是詩人的荒蕩。』」

詩人終不會老去，很快就一百年了，誠如他預言的，還有「一百年前的詩本」。的確，留著多麼誘人的空白，讓我暇思萬千，思想的時空那麼耀眼而悠長。

「詩最好的字眼在最好的秩序裡。一個真正的詩人一定要有他自己『最好的秩序』。」（見《花一般的罪惡》自序）邵洵美的詩，確有一種秩序之美，還有一種格調之美。我們不妨再讀他的《蛇》：「在宮殿的階下，在廟宇的瓦上／你垂下你最柔嫩的一段／好像是女人半鬆的褲帶／在等待著男性顫抖的勇敢。／我不懂你血紅的叉分的舌尖／要刺痛我哪一邊的嘴唇？／他們都準備著了，準備著／這同一個時辰裡雙倍的歡欣／我忘不了你那捉不住的油滑／磨光了多少重疊的竹節／我更知道了舒服裡有傷痛／我更知道了冰冷裡還有火熾。／啊，但願你再把你剩下的一段／來箍緊我箍不緊的身體／當鐘聲偷進雲房的紗帳／溫暖爬滿了冷宮稀薄的繡被！」

邵洵美《詩二十五首》集，其詩正由早期的刻意摹仿，無病呻吟式的唯美，而逐進入自主風格成熟期的總結，正是這部代表性的詩集。正如卞之琳說：「這些詩，也多少不同於他自己的早期作品，已有點結束鉛華的意思。」這個時期，他開始了注意從「肌理」上用工夫，在詞藻上，韻節上，意象上，尋求和諧統一的效果。邵在詩格上，有種種嘗試，如「五步無韻詩」、「四步無韻詩」、「十四行詩」。他曾告訴讀者：「《聲音》和《自然的命令》是『五步無韻詩』的嘗試，《天和地》是『十四行詩』的嘗試，Undisputed Faith是『四步無韻詩』的嘗試。」

一九三一年後的詩，境界上擴展了，思想上更深刻，情感上更深邃、表達上更自如。蘇雪林曾評說，《天堂與五月》、《花一般的罪惡》兩個集子「雖然表現了頹廢的特色，而造句累贅，用字亦多生硬，實為藝術上莫大缺憾。」，「而《蛇》、《女人》、《季候》、《洵美的夢》等後來的創作『進步很多』，同時『更顯出他驚人的詩才』。」以詩藝而言，《詩二十五首》集，應是邵洵美詩歌創作的頂峰。詞藻、韻節、意象和諧統一，在青春期將盡的時候，他收穫了豐碩的藝術成果。

邵洵美很注重詩在形式上的完美，這個觀點在當時甚或胡適、梁實秋等詩人，都並不太在意。但他卻大膽表明了自已對新詩的藝術觀。他曾說：「形式的完美便是我的詩所追求的目的。但是我這裡所謂的形式，並不只指整齊；單獨的形式的整齊，有時是極端醜惡的。只有能與詩的本身的『品性』諧和的，方是完美的形式。」他對新詩曾說：「一首詩的分析，我們得用『一粒穀裡可以看見宇宙』的眼光來下功夫；一句句子的分析（新詩和舊詩一樣），詩人得意的也不過是幾句句子。我們假使能找出一句或幾句得意的句子，便找得了他全部靈魂的鑰匙了。」他還認為批評家應當有修養，有見識，有鑒賞力，有高尚風趣，也希望他們對多種學問下過一些工夫，包括生理學、人類學、史學、語言學，特別是心理學、哲學等等。只有從整個系統下手，才能提高我們的新詩。

這樣的審美觀，對上世紀二、三十年代起步的新詩人的行列來說，確是超前的。但自抗戰發生至解放後這五十年內，能產生這樣的詩人的土壤，幾乎是慢慢絕跡了！

於此，再說一題外話，我曾編過一本《一本沒有顏色的書》，這是《愛眉小劄》中一輯，書中就有邵洵美的一幅祝賀徐志摩、陸小曼畫，是即興所作。畫了一付茶具，其旁題辭曰：「志摩是茶壺，小曼是茶杯。」當時就想邵為何畫這麼一幅不解之畫矣。後知還出自文壇怪傑辜鴻銘的一個思想——怪傑主張納妾，把男人比做茶壺，把女人比做茶杯，說是一把茶壺應該配幾個茶杯。當然，邵洵美畫裡的茶杯只是一個。不知徐志摩和陸小曼結為伉儷時，是否已在理解原意的基礎上，他們還決意把此畫，印入了《小劄》那本書裡去？想也成了一個謎。

邵洵美一生為新詩的發展，可謂盡心盡力，深入肌理的探索，使他對中國新詩作出了巨大的獻身精神，在這裡我們不說其棄財等方面的貢獻了。可「正當他歡慶自己為新中國的文化事業能夠出力之際，一九五八年，一場無妄之災，他自已也不知何故，面臨著他了，終入冤獄四載。

而那個時期，正值困難時期，備受飢餓疾病的磨難，但洵美生性天真，見文友賈植芳，居然還有雅興在衛生紙上作了首七言詩《獄中遇甄兄有感》。可惜賈教授不敢卒讀，沒有記下這精彩的篇章。

這次的打擊幾乎是致命的，冤獄歸來，家沒了，他失去了所有的一切。妻子盛佩玉只有攜幼子到南京女兒家為生，他只能住進長子家。祖上的家也遭難，家徒四壁。身體澈底垮了，形銷骨立，口唇發鉗，呼吸窘迫，嚴重的肺心病，全無生活自理能力。

然而他沒有放棄，他還有一本英漢詞典，他還有一支筆。再度奮起重拾筆桿，在貧病的苦惱裡，支撐他生命的是一首首譯詩的意境，讓他心身有些許的享受，生活的依靠，是艱難地繼續他的翻譯生涯。持有理想主義唯美主義的詩人邵洵美，遭受命運的作弄，他半生喜樂半生災。戰爭的摧殘，無辜的迫害，他都掙扎地扛了過來。但沒多時，未料到文革動亂，在全國展開了，他無力面對，絕望中選擇了放棄。

在那全國動亂的年代，詩人的生活去靠誰呢？邵洵美了無收入，靠子女的補貼，不足以維持生活。摯友施蟄存曾伸出援手。但老病益發嚴重，日夜坐臥不寧，喘咳不息，幾度入院搶救。即便如此，然家書裡，卻不見一字哀歎，他用顫抖的手錄下詩作。如許年來，他一直在把英詩譯成新詩，卻不料再見他的詩時，竟複為舊體詩了。

離世前複歸書寫舊體詩，字跡雖然歪斜扭曲，但文句深刻，著意深邃。頑疾捆住他的身體，不時扼住他的呼吸；但捆不住他的思想，扼殺不了他的靈氣。

一九六八年，也就是他離世三月前，他還在家書裡，抄錄了以前作的三首詩：「友莊永齡、陸小曼先後死，得句如下：『雨後淒風晚來急，夢中殘竹更惱人；老友先我成新鬼，窗外啼噓倍覺親。』；陸小曼死後第二天得句雲：『有酒也有菜，今日早關門；夜半虛前席，新鬼多故人。』（註：唐詩有「可憐夜半虛前席，不問蒼生問鬼神」）」

讀了這三首絕命詩，歷史的後人們，詩人當時的思想是處在怎麼樣的一種狀況下，才寫出了這幾句詩？其意蘊深深，令後人永遠可以讀下去，可以思考下去。而對一個詩人之命運，將是幾百年的追思，也許，這就像探索一首「無題」詩，綿綿不絕永無期。所以我前面說過，對邵的詩集《二十五首》，你探索半個乃或一個世紀，將永遠探索不完，探索不了，是一首永遠可讀下去的長歌。長歌當哭……。

到如今，昔人已乘黃鶴去，邵洵美這樣的一個詩人，也早已離我們而去。幸好，他的詩和文，以及他的詩論、譯著，都一本本在出版，稍有空時，翻讀這樣一個有才華的詩人的任何一個作品來漫讀，抑或吟誦他的一首小詩，也算是對上世紀真正的詩人，一個最好的紀念。但是，令人擔心的是，這樣的讀者，在當今浮躁的世上，已越來越少。

上面已寫完了讀我所藏的唯美派詩人邵洵美的《詩二十五首》，只這是生髮出來一點詩後感想。

我想詩人是如何發現人世間事物之美的呢？那怕是在苦難的獄中，那怕是在吃飯也成了問題之時，那怕是在咳喘不停生命病危的那刻……。

最後，筆者就以埃德娜·聖·文森特·米蕾的《十四行詩第四十三首》那首詩（米蕾的這首十四行詩，見於她一九二三年出版的詩集*The Harp-Weaver*，現特錄之），試以此文作結：

我收穫美，不管它生在何處：
多彩的花，斑斑的霧氣
驚見於丟棄的食物；溝渠
蒙一層混亂的彩虹，那是油汙
和鐵銹，大半個城朝那裡扔入
空鐵罐；木頭上爛滿空隙
青蛙軟泥般翠亮，躍入水裡……
綠泡兒上睜一隻黑亮的眼珠。
美，她無處不居，在每個門前
費盡猜詳，我推開每個門。
哦你，害怕鉸鏈吱咯響的人
轉過頭，再別回過怯懦的臉。
我告訴你，你猜不到美裹著
蛛網頭巾，繡著出格的花邊。

一個二十世紀的詩人，你安息吧！你曾發現了美，也許這美，就在你現在居住的天堂上。「美，她無處不居，在每個門前」。而一個詩人那盞心靈之燈，在「熱鬧」中熄滅了，卻在寂靜中依然光明。

妙詩賞讀

女人

我敬重你，女人，我敬重你正像
我敬重一首唐人的小詩——
你用溫潤的平聲乾脆的仄聲
來捆縛住我的一句一字。

我疑心你，女人，我疑心你正像
我疑心一彎燦爛的天虹——
我不知道你的臉紅是為了我，
還是為了另外一個熱夢？

季候

初見你時你給我你的心，裡面是一個春天的早晨。
再見你時你給我你的話，說不出的是熾烈的火夏。
三次見你你給我你的手，裡面藏著個葉落的深秋。
最後見你是我做的短夢，夢裡有你還有一群冬風。

五月

啊欲情的五月又在燃燒，罪惡在處女的吻中生了；
甜蜜的淚汁總引誘著我，將顫抖的唇親她的乳壕。
這裡的生命像死般無窮，像是新婚晚快樂的惶恐；
要是她不是朵白的玫瑰，那麼她將比紅的血更紅。
啊這火一般的肉一般的，光明的黑暗嘻笑的哭泣，
是我戀愛的靈魂的靈魂；是我怨恨的仇敵的仇敵。
天堂正開好了兩片大門，上帝嚇我不是進去的人。
我在地獄裡已得到安慰，我在短夜中曾夢著過醒。
（轉載自第一範文網http：//www.diyifanwen.com。）

邵洵美簡介

邵洵美（一九〇六年～一九六八年），祖籍浙江餘姚，生於上海，出身官宦世家。新月派詩人、散文家、出版家、翻譯家。一九二三年初畢業於上海南洋路礦學校，同年東赴歐洲留學。入英國劍橋大學攻讀英國文學。一九二七年回國，與盛佩玉結婚。一九二八年開辦金屋書店，並出版《金屋月刊》。一九三〇年十一月「國際筆會中國分會」成立，當選為理事，並任會計，一九三三年編輯《十日談》雜誌，並發表第一篇小說名為《貴族區》。一九三四年編輯《人言》雜誌。一九三六年三月至一九三七年八月主持《論語》半月刊編務。晚年從事外國文學翻譯工作，譯有馬克・吐溫、雪萊、泰戈爾等人的作品。並主編《獅吼》、《金屋》出版《新月》、《論語》等刊物。

代表作品有：《天堂與五月》、《花一般的罪惡》、《詩二十五首》等。譯作有《解放了的普羅密修斯》（詩劇）英國雪萊著，《拜倫政治諷刺詩選》英國拜倫。《麥布女王》（詩）英國雪萊。《家庭與世界》（長篇小說）印度泰戈爾著。

邵洵美與夫人盛佩玉在上海

宗白華：

清光伴我碧夜流雲

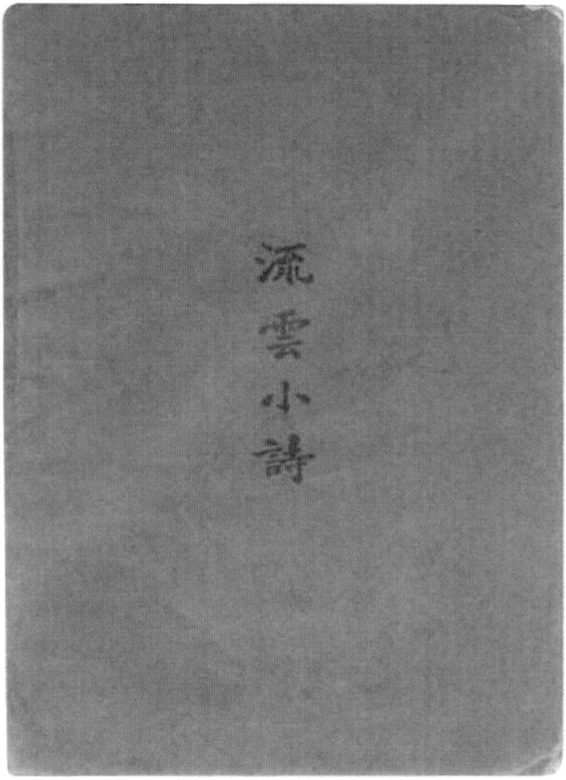

一九二三年上海亞東圖書館初版

一

宗白華是美學大家，美學著作等身，對中國傳統的詩歌和書畫藝術，皆有獨到的美學見解。而他早年也是一位名噪民國詩壇的詩人。他的詩集《流雲小詩》，可謂是唯一的一扇小窗，向我們透射民國時期特有的詩的光采，令我們領略宗白華作為藝術創造時的別一番風景。也許，宗白華的《美學散步》許多人都能讀到，但他的《流雲小詩》早被人淡忘。

舊篋中收藏的《流雲小詩》，惜已是一九二八的第二版了，此集初版於一九二三年，書名為《流雲》，沒有見過，再版後則改為《流雲小詩》，是小三十二開本，上海亞東圖書館「新詩十種」之一。同有胡適的《嘗試集》、俞平伯的《冬夜》、《西還》、汪靜之的《惠的風》、陸志韋的《渡河》等，這些詩集，大都成了民國新詩的經典之作。《流雲小詩》的書裝，極其古樸素雅，青黛的封面，無任何裝飾，只在正中以端凝典麗的小楷，題寫了書名，應是宗白華的手書。

《流雲小詩》共收錄詩四十九首（包括序），半數詩的篇幅，僅三、四行，真是名符其實的「小詩」。這種短小的詩風，在民國詩壇開創了一個獨特的流派，名為「小詩時期」的，這一流派的代表作，還有冰心的《繁星》和《春水》。小詩語言雋永，意象精妙，這無疑是其魅力所在。而宗白華的小詩，則蘊含著深沉而豐富的哲思。這源於詩人青少年時代的人生感悟，中西哲學思想的浸潤。

《流雲小讀》之篇首，就有一篇短小精緻的散文詩序言：「當月下的水蓮還在輕睡的時候，東方的晨星已漸漸的醒了。我夢魂裡的心靈，披了件詞藻的衣裳，踏著音樂的腳步，向我告辭去了。我低聲說道：『不嫌早嗎？人們還在睡著呢！』他說：『黑夜的影將去了，人心裡的黑夜也將去了！我願乘著晨光，呼集清醒的靈魂，起來頌揚初生的太陽。』」

這小序，有如莎翁的仲夏之夢，精靈施下魔法，幃幕輕啟，帶著讀者，慢慢進入詩的勝境。

二

宗白華，原名宗之櫆，字伯華，一八九七出生安徽安慶小南門一個知識氛圍濃厚書香世家。宗白華的父親宗嘉祿，考取過清廷的舉人，但遵祖訓，不為滿清做官，轉而投身教育。母親方淑蘭，安徽桐城派方苞後人，清末詩人方守彝之女。一九〇六年，宗白華的父親，受聘於南京思益小學任地理教員，宗家便遷至南京，八歲的宗白華，在六朝古都金陵，度過了優游的少年時光。

家境優裕、父母開明，少年宗白華的心境本該是玫瑰色的無憂無慮，然而這少年，似有與生俱來的「癡性」。時被一種莫名的情思所牽。風煙清涼寺、日月雨花臺、莫愁湖，投射到少年敏感的心靈上，卻化為說不清、道不明的幽思。

少年宗白華「最喜歡一個人坐在水邊石上看天上白雲的變幻，心裡浮著胡亂的幻想」。「雲的形象動態，早晚風色中各式各樣的風格」是他把玩的對象，他還把天上的雲，分為「漢代的雲、唐代的雲、抒情的雲、戲劇的雲」，恨不能編一個「雲譜」。儘管十三、四歲的他，不知何為新詩，詩人的特質卻灌注進宗白華的生命裡。「雲」，從此成為他詩中非常重要的一個意象，日後將處女詩集命名為《流雲小詩》，可見詩人對雲之偏愛。

十七歲時，宗白華生了一場大病，病癒後到青島求學，入當時德國人在青島辦的學校，學習德文。第一次離開江南清麗地，宗白華身體虛弱，精神卻異常靈敏，廣闊壯美的大海，令他對自然的恢宏，對生命的精魂，有了新的體悟。

「海是世界和生命的象徵。我喜歡月夜的海、星夜的海、狂風怒濤的海、清晨曉霧的海、落照裡幾點遙遠的白帆掩映著一望無盡的金碧的海。有時崖邊獨坐，柔波軟語，絮絮軟語，絮絮如訴衷曲」

詩人在青島半年，沒有讀一首詩，沒有寫一首詩，然而那生活卻是詩，卻是生命中最富於詩意的一段。於是「海」這個意象，也被詩人在日後反復吟誦。

半年後，宗白華經伯父宗伯皋介紹，轉學來到上海的德文醫學堂，一九一六年夏天畢業，升入大學醫科預科，後因第一次世界大戰，原學校被解散，入「私立同濟醫工專門學校」。

由於戰事學校停辦，宗白華無課可上，開始大量閱讀德文的西方哲學典籍，本想令自已德文更加精進，卻不期被康德、叔本華、歌德、尼采等，博大深邃的哲學靈光，深深感召，更使他命定了一生的追求方向，他放棄了醫學，轉而自修哲學和文學。

三

五四運動後，北京大學的許多學生南下到上海鼓動罷工、罷校，宗白華也參加了幾次群情激昂的集會，並認識了的黃日葵、康白情和陳劍修等多位同仁，強烈的求知欲和對國家社會命運的普遍關注，將這些青年學子的聯繫在了一起，他們遂創辦學會會刊《少年中國》，一本旨在純粹啟發真知、探索學理，而少敘「主義」的刊物。

當時的宗白華開始寫哲學方面的文章，在北京《晨報．副刊》的「哲學叢談」的專欄，陸續發表了兩篇〈康德唯心哲學大意〉和〈康德空間唯心說〉談康德哲學思想的文章。《少年中國》創刊後，宗白華自然成為編輯骨幹和重要的撰稿人，《少年中國》便由王光祈和李大釗在北京編輯，再寄至上海，由宗白華校勘，再送去付印，宗白華在第一卷第一期即發表了〈說人生觀〉的長文。同年的八月，《時事新報．副刊「學燈」》的主編邀請宗白華加入《學燈》，並主持新欄目「新文藝」，不久又將《學燈》全全交由宗白華打理，這位年輕的編輯入主《學燈》後，將個人的文化旨趣投射在刊物內容上，賦予了《學燈》文藝和研究並重的氛圍，哲學、美學、詩歌、戲劇多種文藝形式的碰撞大放異彩，很快成為新文學運動的一大陣地。

那時的宗白華在醉心游弋哲學之林的同時，也傾心德國浪漫派文學，尤其愛讀歌德的小詩。一晚他到報館看稿子，也讀作者的來信，一封字體秀麗的日本來信引起了宗白華的注意，信中是兩首詩作，屬名為「沫若」，他讀罷詩作，驚喜不已，隨即將這兩首題為《鷺鶿》與《抱和兒浴博多灣中》在九月十一日《學燈》刊出，這便是郭沫若最早發表的兩首新詩。當時的郭沫若在日本福岡九州大學醫學部學習，《時事新報》的《學燈》他每期必讀，當他在八月二十九日「新文藝」欄上讀到康白情的白話詩《送慕韓往巴黎》後，便也將自已的新詩習作寄投，不曾想迅即就被刊錄。這之後宗白華與郭沫若之間魚雁頻頻，宗白華更是介紹當時也在好友田漢與郭沫若相識，他寫信給在東京留學的田漢說：「我又得了一個像你一類的朋友，一個東方未來的詩人郭沫若」。此後，宗白華不斷鼓勵郭沫若的新詩創作，他在給郭沫若的信中寫道：「你詩中的境界是我心中的境界，我每讀了一首，便得了一回安慰」。於是只要是郭沫若寄來的詩作，他總立時在《學燈》上刊登，從一九一九年的九月到一九二〇年的三月，短短半年間，刊登郭沫若的新詩數十首，有時甚至用上《學燈》的整個篇幅，這對一位默默無聞的文學新人來說絕對是莫大的助力。而這一時期郭沫若的詩情也因宗白華和田漢這兩位文學知已噴湧而出，中國新詩歷史上里程碑之作《女神》中所收錄的詩作大多作於這一時期。

三人中，郭沫若最年長，當時已成家，田漢則比宗白華小一歲，他們如熱戀的情侶般頻繁寫信，熱切地期盼收到回信，他們在書信中談詩歌、戲劇、文學、藝術、社會、時事、思想、情感，英文德語日文穿插其間，新詩舊詩譯詩信馬由韁。之後，這一時期的書信由田漢整理，上海亞東圖書館出版成《三葉集》，書一經發行，受到眾多青年人的青睞，很快銷售一空，數次重印。有趣的是，直到一九二五年宗白華自德國回國後，才第一次見到了郭沫若，真是現代版的伯牙與子期。

四

《流雲小集》中收錄宗白華最早創作的一首新詩是作於一九一九年八月二十五日的《問祖國》：「祖國！祖國！／你這樣燦爛明麗的河山，／怎蒙了漫天無際的黑霧？／你這樣聰慧多才的民族，／怎墮入長夢不醒的迷途？／你沉霧幾時消？／你長夢幾時寤？／我在此獨立蒼茫，／你對我默然無語！」

這是他與郭沫若和康白情討論新詩創作正酣之時，試創作的一首直抒胸臆之作，儘管如今讀來這首處女作與那一時期眾多新詩一樣，也有流於單薄和淺白的毛病，也沒有逃脫舊體詩的桎梏，但其遣詞造句端麗雅致，讓這首愛國題材的小詩，少了些口號，多了愴然的古意。宗白華善於將古典詩詞中的意境，巧妙融洽於新詩中，這一藝術格調，在他日後被進一步延續和發揮。

一九二〇年少年中國學會的同仁王光祈、魏時珍相繼赴德國留學，宗白華也在那年的五月，離開上海，乘法輪至馬塞港再至巴黎，經友人介紹先在徐悲鴻與蔣碧微的寓所暫住。巴黎的三周，徐悲鴻作為嚮導，帶著宗白華遍遊巴黎的藝術館和古跡，幾乎踏遍了巴黎的文化社區，羅丹的雕塑，令宗白華深受震撼，他感到一種前所未有的藝術生命力和創造力。宗白華為此寫了《看了羅丹雕刻之後》，以「藝術」為題創作了一首小詩：「你想要瞭解『光』嗎？／你可曾同那林中透射的斜陽共舞？／你可曾同那黃昏初現的月光齊顫？／你要瞭解『春』嗎？／你的心琴可有那蝴蝶的翩翩情致？／你的呼吸可有那玫瑰粉的一縷溫馨？／你要瞭解『花』嗎？／你曾否臨風醉舞？／你曾否飲啜春光？」

宗白華在同濟求學期間，偶爾在書店買到一本日版的王摩詰和孟浩然的小詩集，回來翻閱後愛不釋手，王維清麗淡遠的詩風，令他十分喜歡，特別是「行到水窮處，坐看雲起時。」，更是他獨自散步時口中常吟之句。蘇軾謂摩詰「詩中有畫，畫中有詩」，讀宗白華的這首詩，彷彿置身光影斑駁的密林，月光溶溶的夜色，似乎嗅到若有若無的芬芳，心底泛起蝴蝶翅膀的輕顫。摩詰詩意被一種全新的語言完美地呈現，可以看出，西方藝術的浸潤令宗白華的詩風擺脫了之前的粗糙和幼稚，更為圓渾而成熟。

不久宗白華就從法國轉至德國，入法蘭克福大學，修習哲學、心理學和生物學，兩年後他轉至柏林大學學習美學和歷史哲學，師從著名的美學家Max Dessoir，還有機會聽到愛因斯坦有關相對論的講座。在德的生活豐富而快樂，飽覽典籍，聽課參加各類活動之餘，宗白華漫遊歐陸各地，接觸了從古典到現代的多種西方藝術形式，還沉醉於歌劇和古典音樂之中。他在信中這樣描述他在德國的詩意生活，「我聽音樂，看歌劇，遊圖畫館，流覽山水的時間，占了三分之一，在街道裡巷中散步，看社會上各種風俗人事及與德人交際，又占了三分之一，還餘三分之一時間看書。」一九二一年的柏林冬夜，他歡聚後踏雪回住處，被一種莫名的柔情縈繞，生起一股寫詩的衝動。自少年時代便埋下的詩心詩情一旦破繭而出，便如松泉石上流般自然流趟而出，此後的兩年成了宗白華詩歌創作的黃金時期。

五

白華小詩的創作是源於冰心女士的《繁星》，他在寄給《學燈》的詩稿，篇首便道，「讀冰心女士繁星詩，撥動了久已沉默的心弦，成小歌數首，聊寄共鳴。」

《流雲小詩》中的第一首「人生」，是宗白華一九二二年由柏林寄至上海，發表在《學燈》上第一組以「流雲」為題的小詩組曲之一，可以說是「雲」與「海」兩個意象集中體現的佳作：「理性的光／智慧的海／白雲流空，便是思想片片。／是自然偉大呢？／是人生偉大呢？」以「光芒」、「海洋」、「白雲」三個具體的意象，映射「理性」的啟發、「智慧」的博大、「思想」之靈動，化抽象於具象。最後以自然與人生的哲學叩問結尾，短短的一首詩，虛實交融，流暢自然。

除了對自然的讚頌，宗白華在德國時還寫了很多愛情詩，多是寄託相思之作，遙遙的跨越重洋，寫給他的未婚妻虞芝秀。

這首「我們」作於一九二二年，是《流雲小詩》中我認為寫得最出色的一首愛情詩：「我們並立天河下，／人間已落沉睡裡。／天上的雙星，／映在我們的兩心裡。我們握著手，看著天，不語。／一個神祕的微顫，經過我們兩心深處。」

寓純美的愛於寧靜深遠的自然之中，全詩無一處直寫愛，但卻無不彌漫洋溢著愛的溫馨，「純真的刻骨的愛和自然的深靜的美」，這首小詩寄託了宗白華自少年時起，深植心底的生命情緒。

虞芝秀是宗白華阿姨的女兒，是宗白華的表妹，兩人在宗白華出國前訂婚。那時有不少留學生在歸國後，不願遵從之前的婚約，或索性休妻再娶；而宗白華海外求學五年，依然與虞芝秀感情甚篤，歸國後即與其完婚，此後兩人白首攜老，宗白華的好友戲曲家吳梅曾在兩人新婚時，作「減字花木蘭」讚宗白華對愛情的始志不渝。

一九二五年宗白華自德歸來，便回到兒時最熟悉的金陵古城，於南京東南大學哲學系任教，一九二八年東南大學改為中央大學宗白華升為哲學系教授，一九三〇年湯用彤到北大後，他便兼任系主任。宗白華一回國便率先在東南大學開《美學》課程，可以說是中國最早的美學啟蒙者之一，他的美學課於學理中融入了詩意，釋東西藝術之靈光，不僅受東南大學學子的歡迎，很多年輕講師和藝術家也慕名前來旁聽，如潘玉良、鬱風、常任俠、吳作人都曾在那時聽過宗先生的課。

抗戰爆發後，宗白華遷至重慶，重新主編《學燈》直至抗戰結束。南京解放後，宗白華在南京大學哲學系任教，一九五二年大學院系調整後，南大哲學系併入北京大學，宗白華遂一直任教於北大。

李澤厚作為哲人和美學家，他曾小評了五四後的一些詩人，他說：「宗先生的《流螢小詩》，和當時謝冰心、馮雪峰、康白情、沈尹默……等人的詩篇一樣，都或多或少或濃或淡地散發出這樣一種具有純真「童心」的時代音調。而我感到，與許多人不同，這樣一種對生命活力的傾慕、讚美，對宇宙、人生的哲理情思，從早年到暮歲，宗先生是獨特地一直保持了下來，並構成了宗先生這些美學篇章的鮮明特色。你看那兩篇羅丹論，寫作時間相距數十年，精神面貌何等一致。你看，宗先生再三提到的周易、莊子，再三強調的中國美學以表現生意盎然的氣韻、活力為主，現生意盎然的氣韻、活力為主，「以大觀小」，而不拘拘於模擬形似，宗先生不斷講的「中國人不是象浮士德『追求』著『無限』，乃是在一丘一壑、一花一鳥中發現了無限，表現了無限，所以他的態度是悠然意遠而又怡然自足的。他是超脫的，但又不是出世的」，等等，不正是這本《美學散步》許多論述的一貫主題嗎？這不也正是宗先生作為詩人的一貫的人生態度嗎？」

德國雪夜萌生的詩情，彷彿剎那的瑩光，之後宗白華便不再寫詩，儘管他與徐志摩、陳夢家、方瑋德等詩人交往甚密，「新月」詩人創辦《詩刊》時，他也選譯了歌德的幾首詩，但卻沒有再創作一首詩。然而，宗白華將他的詩情投向了美學研究之中，用詩人之眼，哲學家之心，觀察體悟自然之美，人文之美。可以說，他的散步式的「美文」，真達到了「太虛片雲，寒塘雁跡；雪滌凡響，棣通太音」的境界，這種境界，至今，還令後人神往，綿綿無盡。

最後，再讓我們一起賞閱宗白華先生的的哲詩，並為此文作結：「…………生活的節奏，／機器的節奏，／推動著社會的車輪、宇宙的旋律。／白雲在青空飄蕩，／人群在都會匆忙！／…………是詩意、是夢境、是淒涼、是回想？／縷縷的情絲，織就生命的憧憬。／大地在窗外睡眠！／窗內的人心，遙領著世界深秘的回音。」

妙詩賞讀

世界的花

世界的花，
我怎能採擷你？
世界的花，
我又忍不住要采得你！
想想我怎能捨得你，
我不如一片靈魂化作你！

詩

啊，詩從何處尋？
在細雨下，點碎落花聲！
在微風裡，飄來流水音！
在藍空天末，搖搖欲墜的孤星！

我們

我們並立天河下。
人間已落沉睡裡。
天上的雙星
映在我們的兩心裡。
我們握著手，看著天，不語。
一個神祕的微顫。
經過我們兩心深處。

解脫

心中一段最後的幽涼
幾時才能解脫呢？
銀河的月，照我樓上。
笛聲遠遠傳來——
月的幽涼
心的幽涼
同化入宇宙的幽涼了。

東海濱

今夜明月的流光
映在我的心花上。
我悄立海邊
仰聽星天的清響。

一朵孤花在我身旁睡了，
我挹著她夢裡的芬芳。
啊，夢呀！夢呀！
明月的夢呀！
她在尋夢裡的情人，
我在念月下的故鄉！

晨興

太陽的光
洗著我早起的靈魂。
天邊的月
猶似我昨夜的殘夢。

小詩

生命的樹上

雕了一枝花
謝落在我的懷裡，
我輕輕的壓在心上。
她接觸了心中的音樂
化成小詩一朵。

宗白華簡介

宗白華（一八九七年～一九八六年）曾用名宗之櫆，字白華、伯華，籍貫為江蘇常熟虞山鎮。中國現代哲學家、美學大師、詩人，南大哲學系代表人物。一九一九年被五四時期很有影響的文化團體少年中國學會選為評議員，並為《少年中國》月刊的主要撰稿人，積極投身於新文化運動。一九二〇年赴德國留學，在法蘭克福大學、柏林大學學習哲學、美學等課程。一九二三年創作《流雲小詩》。一九二五年回國後在南京大學、北京大學任教。曾任中華美學學會顧問和中國哲學學會理事。

宗白華是我國現代美學的先行者和開拓者，被譽為「融貫中西藝術理論的一代美學大師」。一九八六年十二月二十日在北京逝世，享年九〇歲。

主要作品有詩集《流雲》，文論《歌德研究》、《美與意境》、《美學散步》等。

羅吟圃的《織手》：
一個奇人與一本民國詩集

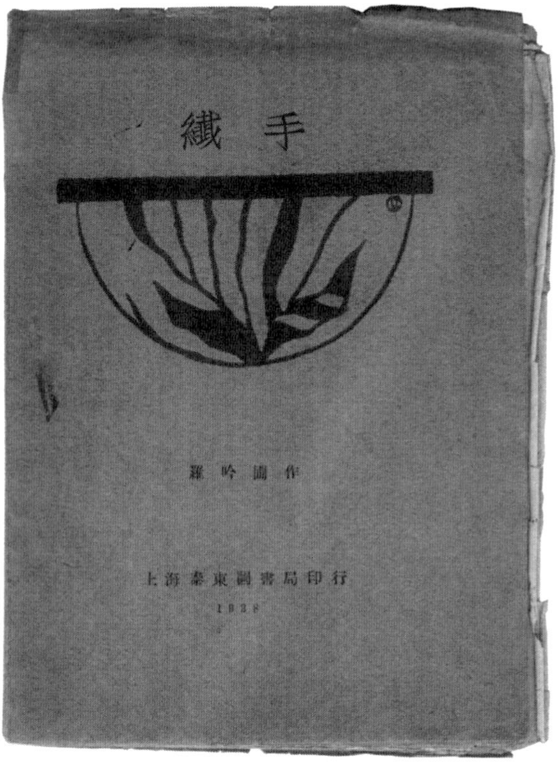

一九二八年上海泰東圖書局初版毛邊本

甲午歲寒之夜，偶爾翻撿書簏裡的民國珍本詩集羅吟圃的《纖手》，一九二八年七月，由上海泰東書局出版的《白露叢書》之一。小三十二開，毛邊本，定價三角，初版二千冊。詩集只盈盈一冊，橄欖綠的書衣上，一雙合握成半圓形的手掌中，垂落下一隻少女的手掌，纖纖五指，如蓮蕊般含苞待綻。翻開詩集，扉頁上印著「To Miss Helen Lin」，背面印著一首英文小詩，詩的作者，便是英國詩人厄內斯特・道生。

Erewhile, before the world was old,/When violets grew and celandine,/In Cupid』s train we were enrolled:/Erewhile!/Your little hands were clasped in mine,/Your head all ruddy and sun-gold/Lay on my breast which was your shrine,/And all the tale of love was told:/Ah, God, that sweet things should decline,/And fires fade out which were not cold,/Erewhile

現將上詩粗略翻譯如下：

片刻之前／世界尚未老去，／當紫羅蘭和白蕨菜正蔥蘢／我們在丘比特的列車中相逢：／片刻之前！／你的纖手緊握我的掌中，／你紅光滿面，容光煥發／你的頭靠在我胸前／就像靠在你的神龕之上／愛的故事全已經講完／啊，上帝，那些甜蜜的事情終將逝去，／火光漸弱，但不會熄滅／片刻之前如今，我們已無法確知《纖手》這本詩集，為何會選這首道生並不知名的小詩，作為整本詩集的引子。也許詩集所獻給的海倫・林女士，當時正喜愛這位英國世紀末唯美派的詩人，也許，因當年郁達夫、邵洵美等，對比亞茲萊、西蒙斯、道生和喬治・摩爾，為代表的唯美文學藝術流派的大力介紹和推薦，使不少初入新詩創作的年輕人，心嚮往之。一九二七年羅吟圃，曾在《白露》第一期、第二期和第三期上，連續發表了《飲此一杯，送別那美好的青春》、《我們倆管理著這深的靜夜》、《我如今眼角已褪盡了淚痕》三篇詩作。這三首愛情詩，後皆收入《纖手》一書中。

此民國詩集，共收錄了羅吟圃一九二六年至一九二七年間所寫三十一首詩作，相當完整地反映了青年愛侶自相識至熱戀以至最終分手的一個過程，可以說是新文化運動最早的愛情詩集之一。詩集後附有編者的後記以及羅吟圃的編後題記。後記為《白露叢書》主編蒯斯曛所作。詩集記錄了羅吟圃文學青年時代的「一個淒美的夢」，夢中「枯萎的薔薇瓣，失色的月亮，蒼白的小唇，僵冷的手指」這一系列淒涼、纖弱、清冷的意象，在羅吟圃的詩句中反復出現，顯然深受唯美主義色彩的影響。然而，唯美浪漫的詩風，精巧的遣詞造句，卻難以掩蓋內心情感的顯露，初讀之下，會被作者營造的枯寂氛圍吸引，略感新意，而讀多了卻不免嫌過矯飾。連作者也已感覺到這本詩集是自已不太成熟的嘗試，在後記中稱這些小詩是「平常的字句，表現浮淺的感情，自已亦知道是不生產的努力。」

當我檢索羅吟圃的相關生平和文學創作資料，竟出奇得零散和稀少，連出生年月也不詳，只能從民國文人的回憶錄，零星一些掌故中，略微窺得他的生平經歷。

羅吟圃，廣東梅州豐順縣人，據當地方誌載，當地有一處「定昌公祠」，該祠的創建人羅督藩，字英都，號定邦，在當地很有威望，一生傳下十一男，六女，其長子便是羅吟圃。羅吟圃，初由父送上海求學，後又出國留學。據馮亦代回憶，羅吟圃留學德國，有資料顯示，羅曾與周恩來一起留學法國。一九二六年羅吟圃，留學歸國不久，受新文學運動的浪潮影響，投身新詩的創作，之後他卻未走上純粹的文學創作之路，而隨時代變遷，卻投筆從戎。現今從《纖手》〈編後題記〉便可看出端倪：「淒美的迷夢不能再續了！但我不能再在這醒後的寂寞和荒涼中生活著，我需要強烈的陶醉，比夢更強烈的醉陶。『纖手』在這裡，我和你握別了，我要用這和你握過的手，去握著一柄霜白的寶劍！（寫於一九二七，十二，念二，吟圃）」

此後的羅吟圃，入民國於上海的駐軍，參加了淞滬之戰，之後成為一位知名的報人、記者和政論家。

一九三二年「一二八」戰事爆發，日本派陸戰隊登陸上海，國民黨十九路軍翁照垣旅長，不待軍命率領軍隊奮起迎戰抵抗，戰後他獲頒中華民國勳章一牧。淞滬血戰後，全國各地來函詢問戰事經過者，日必數十起，於是翁照垣為了酬答各界人士熱情關切，遂安排當時擔任其部下的一五六旅政治部主任羅吟圃，為其執筆撰寫《淞滬血戰回憶錄》。整部回憶錄共七章，內容豐富、結構嚴整，由翁照垣口述，羅吟圃撰文，完成後陸續在上海《申報月刊》連載，因讀者對象多是普通大眾，行文儘量通俗、簡潔，接近於口語，令讀者觀之樸實、真切、感人。一九三二年十一月一日，《申報月刊》社把它出版成書，一九三三年一月起，發行全國，在海內外引起很大反響。在封面書名的右側，印著作者的姓名：「翁照垣述，羅吟圃記」；在書名左側，寫著「紀念為國難犧牲之同胞」。在書的前言之前，附羅吟圃署名的一段話：「滬戰月余中，翁旅長逐日有簡單筆記。戰事既終，各方來函詢問戰鬥詳情者，日必數十起。殊難一一細複，翁旅長因囑鄙人根據其筆記。並參照當日陣中日記，草為斯篇。間有文字失檢，或敘述未妥之處，概由鄙人負責。」書後還附有《申報》經理史量才的跋，約一千字左右，文言風格，文筆優美。

翁照垣離開上海後，抗戰全面爆發，羅吟圃擔任孔祥熙的小兒子孔令侃的秘書，之後上海淪陷，他便去了香港。而羅吟圃一九三三年七月十五日發表了：《對於中國現代化問題的我見》，此論於《申報月刊》第二卷第七號。他論述了「資本帝國主義者對中國壓迫」及「政治的脫軌與軍閥的混戰」，著重指出「要根本上排除中國現代化的困難和障礙，是應從打倒帝國主義推翻現社會制度入手」「在半殖民地半封建的中國，要實現現代化，必先打倒帝國主義、封建主義實現中國的獨立、自由、民主、統一。在這前提下，才能談得上現代化的建設。」這是一篇在中國思想史上很有份量的文章。

後他到香港，孔令侃出資創報《星報》，羅吟圃任《星報》的經理和主筆，並常在報上發表社論和時評。當時也在香港的馮亦代，就曾回憶道：「羅吟圃除了當《星報》經理之外，還每天為《星報》寫社論，文筆犀利，頗受讀者歡迎。這時喬冠華在《時事晚報》寫社論，喬羅二人都是寫國際問題的，一時有瑜亮之稱」。徐遲在《我的文學生涯》一書中也提到「政論家如劉思慕，金仲華，羅吟圃，都暫時留在香港。」

當時，羅吟圃還撰寫、翻譯了許多的政論著作。如：《二次大戰中蘇聯的外交》（普列特，羅吟圃。）由文摘出版社出版（一九四〇年），《美國外交政策》（李普曼，羅吟圃。）和《日內瓦——歷史幻想三幕劇》（蕭伯納，羅吟圃）

到一九四〇年羅吟圃因孔令侃在港私設電臺，被香港警方破獲，他代孔受過被遞解出境，隨後到了重慶，任重慶國民黨中央信託局信託處處長，不久孔令侃又出資一〇萬港幣，創辦大時代書局，羅吟圃在重慶時也協助主持大時代書局，其中蕭紅的《呼蘭河傳》便是由重慶大時代書局出版。這一時期，羅吟圃鮮少煮字為文，抗戰勝利後，隨著中央信託局重遷上海，他又回到了上海任中央信託局的副局長，這時黃苗子也恰在上海中央信託局任秘書處處長。

一九四九年，羅吟圃並未隨蔣介石政府到臺灣，而是移居香港，此後羅吟圃這個名字，淡出了政界，也淡出了文化圈，僅在一九五五年召開的國際筆會香港中國筆會的成立大會上，作為著名文化人氏出席，還有以「南木」為筆名，翻譯了美國作家艾溫．威．蒂爾的散文《春滿北國》。這事在一九八〇年代曾還有柳蘇的回憶：「第一記《春滿北國》署名的譯者南木，是羅吟圃的筆名。他早年在上海、香港（似乎也在過重慶）辦過報，譯過書，《春滿北國》是他五六十年代在香港翻譯的，前些年去了美國定居，不知道近況如何？」的確，羅吟圃，是一個常被人記憶起的詩人作家，他到了美國定居，後來生活、寫作如何，確是個謎，無人知道。（柳蘇《科學

和詩的美讀——美國山川風物四記》）

直到二〇〇一年，民國著名小說家無名氏的名作《塔里的女人》一書的再版重印，作為詩人、軍中才子、政論家的羅吟圃才慢慢浮出水面，讓讀者知道其身世之一二。無名氏這個小說家，江蘇楊州人，一九一七年生於南京。他差不多和錢鐘書同時期於抗戰後寫出有名的小說。《塔里的女人》寫了一個抗戰時期所發生的跌宕多姿、悲歡離合的愛情故事。此書於一九四四年一月由上海時代生活出版社初版。一時紙貴洛陽、風靡文壇，一版再版。

後來，在無名氏寫的再版序言中，我們才瞭解到無名氏與羅吟圃半個多世紀以來，跨越千山萬水的深厚情誼，也讓當年為這部小說心醉神迷的讀者們，瞭解到小說女主角的原型的人生故事。無名氏曾說：「《塔里的女人》女主角黎薇，真名瞿儂，南京中央大學中文系畢業，是名滿全校的美女。當年著名國際評論家羅吟圃兄，是我好友。《塔里的女人》書名，就是我移花接木，借貸了他的一篇散文佳作的名字而取，而男主角所以名叫羅聖提，我是借了他的姓，又貸了他的好友曾聖提的後兩字（曾聖提，是聖雄甘地學生，曾在後者身邊學習數年），這就看出我們倆的交情了。大陸易幟，他們夫婦移居香港，想不到他的妻子陳蘊華女士竟與瞿儂成為閨中膩友，時相過從。但蘊華完成了一件又殘忍又慈悲的幾乎可算驚人之舉，交往十幾年，她居然絕不讓好友知道我已把她的故事公開於百萬讀者面前。」

從無名氏的序言中，我們還瞭解到羅吟圃之後與夫人陳蘊華移居了美國，住在洛杉磯，兩位老友自一九四九年分別後，直到一九七八年才又恢復通信，一九八三年後無名氏移居臺灣。

一九八五年，無名氏赴美演講，兩位老友終於聚首，無名氏寫下了一篇聲情並茂的散文《柿子》，他這樣描寫久別重逢的老友羅吟圃和他在美國的家：「他正站在壁爐邊、依舊是一副魁梧身軀，頭髮也未全白……。」三十載的風刀霜劍，世事變遷，當年那個才華橫溢、英武瀟脫的軍中才子、政論專家變成了一位移居海外的平凡老人，但羅吟圃和無名氏的友情和對當年歲月的回憶卻絲毫未隨著三十載的時光而褪色。

二〇〇〇年羅吟圃在洛杉磯逝世，老友無名氏在序言中寫道：「吟圃也物故了。據說上午還囑咐女傭服侍他洗個熱水澡，沐後，躺在睡椅裡休息，過了些時候，女傭來看他，發現他已睡「過去」了。這倒是很幸福。從小睡到永睡，無病無痛，而且沐浴後，渾身一定感到很舒服。他享年九十一歲，算是長壽了。我為失去我最敬愛的老友而悲傷，又為他『無疾而終』覺得安心。」這又不禁使我想起羅吟圃在《給我一個美的青春》一詩中，曾這樣抒唱：自從「領悟了人間戀愛的莊嚴」以後，「我」獲得了「一個新的靈魂」，而且「美麗的世界而今於我有份了」。這樣的感受，使這一代浪漫派詩人，在象牙塔里構築出來的情愛，閃爍著美的精神潔光。當年，被魯迅看成中國最為傑出的抒情詩人的馮至，則在《南方的夜》中，也曾吟唱一對初戀的青年，坐在北國春夜「初冬般平寂」的湖濱，以對南方春夜的景色的美好感受作為兩心相契的心理交流，從而幻感到：「燕子說，南方有一種珍奇的花朵，／經過二十年的寂寞才開一次／這時我胸中覺得有一朵花兒隱藏，／它要在這靜夜裡火一樣地開放！」這裡有著作為抒情主體的馮至，從渴求情愛到閃發幻美以解化生命困惑的自我表現特色。

寫此，筆者禁不住要稍摘一段無名氏的美文給讀者：「湖面上靜極了，只有我們的笑聲。我們似乎並不是坐在船上，而是坐在夢裡，連天上的飛鳥也用羨慕的眼睛看我們。『吻』的一聲，一條鯽魚忽然跳出水面，它大約覺得我們這只船太甜太香了，也想分享一下，陽光在水面織著金，它象徵我們的感情，天是藍的，水是藍的。我們的心也是藍的。我們有著天藍色的心，充滿了夢幻與幸福的心……遠遠的，百靈鳥在鳴叫，鳴聲像碎銀子。一隻只白鴿子飛過來，飛過去，白色的翅膀像白羽扇似地掠著。藍天是靜靜的。天地是靜靜的。大地是靜靜的。湖水是靜靜的。愛情是靜靜的。」

也許，五四新文化以後，出現了很多詩人，（因大多中國作家，都先從寫新詩開始，然後轉入小說、戲劇、散文的寫作。）但由於環境、個人職業變化等多種因素，詩人漸漸減少甚或消失，羅吟圃就是其中的一個。

這樣的一個熱血詩人，如今，能讓人記起的已經不多，猶如一片片殘葉凋零，最終不知飄飛了何處？甚或至今在國內各地的圖書館（甚或北京、上海等圖書館），我找了很久很久，還找不到羅吟圃的那怕是一張小小的照片。呵，如今，我只能棒讀他的那本薄薄的詩集《纖手》，還可稍稍讀出一息余溫的尚存。

妙詩賞讀

給我一個美的青春

給我一個美的青春，
給我一個新的靈魂；
在你的微笑中，我嗅了情愛的花朵，
在你的眼波裡，我飲了生命的芳醇！
呵，溫存，無限的溫存！
美麗的世界，而今於我有份，
我領悟了人間戀愛的莊嚴，
自從見你時的一瞬。

我們在悽惶中相見

我們在悽惶中相見，

我們在沉默中別離。
為什麼心中的苦情萬縷；
不在相見時抽出一絲？

你委實不用那樣矜持，
你只低著頭不敢平視，
你賺了我跑了這千萬里程，
你喲，始終都默無一語。

滿江的細雨迷濛，
我倚著船窗回望來處，
我這時心頭難言的空虛，
你教我向誰傾訴？

活著我無多奢求

活著我無多奢求？

不羨榮華，不慕隱幽；
只願那白白的纖手，
捧給我一杯青春的濃酒。

死了我情願葬荒坵；
不用墓碑，就只黃土一壞；
只願那白白的纖手，
將花朵撒滿我墓頭。

羅吟圃簡介

羅吟圃照

羅吟圃（一九〇九年～二〇〇〇年）廣東梅州豐順縣人。上海持際大學畢業，後與周恩來同去法國、德國留學（據馮亦代回憶），一九二六年，羅吟圃留學後歸國，受新文學運動浪潮影響，投身新詩創作，爾後未走上純文學創作之路，而隨時代變遷，投筆從戎。曾先後任十九路軍翁照垣旅長秘書，國民黨中央信託局副局長等。一九四九年後移居香港，之後居住美國。

主要作品：詩集《纖手》，譯作《春滿北國》。還撰寫、翻譯了許多政論著作。如：《二次大戰中蘇聯的外交》（普列特・羅吟圃。）由文摘出版社出版（一九四〇年），《美國外交政策》（李普曼・羅吟圃。）和《日內瓦——歷史幻想三幕劇》（蕭伯納・羅吟圃）等。

陳敬容和她的《盈盈集》

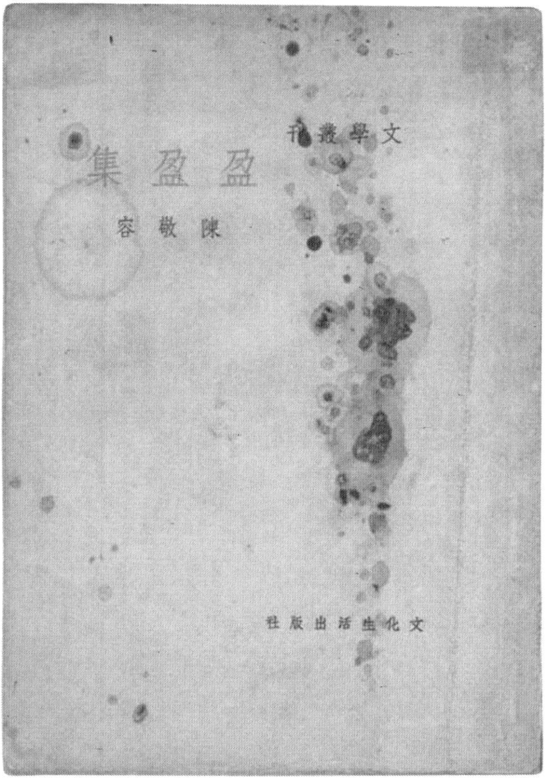

一九四八年文化生活出版社初版

一

一九三五年的春天，初到北平的陳敬容寫了一首輕盈的小詩：

「紙窗外風竹切切：／『峨嵋，峨嵋，古幽靈之穴……』／是誰在竹筏上／撫著橫笛，吹山頭白雪如皓月？」。

此詩以古典詩詞的意韻，懷想蜀中深秋蕭索的景致，十八歲少女的筆觸儘管略顯稚嫩，了了數語卻盡顯空靈的憂傷和綿長的思愁。這首起名為《十月》的詩，便是陳敬容《盈盈集》收錄的第一首，民國三十七年（一九四八年）十一月文化生活出版社初版。初春的寒夜，翻開這本泛黃的詩集，一首首或短或長的詩，帶著我體味和重溫了女詩人由少年至青年遷徙流離、輾轉坎坷的生命歷程。

陳敬容，筆名藍冰、成輝、文穀，一九一七年九月二日生於四川省樂山一個舊式的書香之家。祖父是清朝末年的秀才，辛亥革命後在當地小學任教，還學習了新式算術。父親則在四川軍閥手下謀了一個不大的官職，常年在外東奔西跑。母親婚前曾進過私塾，婚後也一直希望能去縣城念女子師範學校，但由於陳敬容祖母的竭力反對，終於也沒有實現，所以一直十分支持女兒接受新式教育。陳敬容童年的啟蒙主要來自祖父，祖父四歲便教她讀三字經、孝經、論語、唐詩，但卻禁止她讀任何閒書。陳敬容曾在文中記述十二歲時溜進祖父的書房，偷取了一卷聊齋志異，回到房間在油燈下偷讀時興奮而害怕的心情，此後她更一發不可收拾，貪婪地閱讀《三國志》、《紅樓夢》、《水滸傳》、《三俠五義》等祖父、父親勒令的禁書。

之後陳敬容考入了縣立女中，逐漸讀到了魯迅、朱自清、郭沫若、葉紹鈞、冰心等五五四名家的作品，對新文學運動，白話文寫作產生了濃厚的興趣，同時還接觸到了都德、左拉、拜倫、柯羅連坷等外國作家，這一時期她的中文和英文都有了很大精進，還開始在學校的壁報上發表一些短小的詩文。

二

一九三二年的春天，同是樂山人的清華大學畢業生曹葆華回到家鄉任教，恰巧擔任陳敬容班上的英文教師。這時的曹葆華已是小有名氣的青年詩人，因出版《寄詩魂》而受到徐志摩、朱湘、聞一多等著名詩人的賞識。陳敬容出眾的中英文常得到曹葆華的讚許，課餘他常常讓她幫著抄詩。不知這是不是陳敬容詩歌創作最早的啟蒙，但這個早慧的少女自心底流露出的如清晨朝露般鮮活自然的詩句，無疑打動和吸引了那時也正風華正茂、詩情洋溢的曹葆華。他極力鼓動她走出樂山，不要埋沒她的才華，去看看外面更新更大的世界，鼓勵她應該擁有與她祖祖輩輩完全不同的人生。

一九三二年五月的一天，二十六歲的曹葆華起程赴北平去清華念研究生，在東山肖公嘴碼頭十五歲的陳敬容帶著幾件換洗衣物便與他一起登上了北上的船。當時的陳敬容是懷著怎樣的心情，下決心離開家鄉，與一個陌生的男子，去往一個完全陌生的大城市。是因為她愛上了這個斯文儒雅的年輕詩人嗎，因為雙方在之後的文字中對這段經歷都沒有更多的回憶，我們現在已無從探知，但我相信與其說陳敬容是因為傾心於曹而決定離家出走，不如說曹給了她一個逃離沉悶、壓抑生活的契機，從此對未知世界的嚮往深深地烙印進了她年輕萌動的心，而這種對自由、新鮮生活的渴求幾乎貫穿了她以後的人生。

他們沿著岷江水路而行，穿越驚濤駭浪的三峽險灘，行了三日到達萬縣。誰知一封由樂山女子中學與陳敬容父親陳助聯合發出的代郵快電，通知當地同鄉官員帶兵將兩人攔截，並先將他倆囚禁起來。陳敬容的父親隨即趕來，一個星期後，曹葆華脫身回到清華，而陳敬容則被帶回樂山家中。可想而知，這在當時民風保守的樂山縣城，該算是一樁聳人聽聞的「醜聞」事件，對重視門楣，家教甚嚴的曹家來說更是有辱家門，陳敬容因此被關了大半年，失去讀書的機會，後來經多方親友的勸說，父母才又將陳敬容送到成都的中華女中就讀。

這次未遂的出走看似風平浪靜，但它實際上已無可挽回地改變了陳敬容的人生軌跡。回到清華的曹葆華仍一直牽掛著川中的陳敬容，他將她初中二年級的習作，一首題為《幻滅》的詩交給清華大學校刊《清華週刊》發表，並在〈後記〉中描述了與詩作者的相識過程：「作者系一十五歲之青年女子，性聰穎，嗜愛文學。餘去年回川，得識於本縣女子中學。今夏余離家來平，伊隨同出川，道經萬縣，被本鄉之在該地任軍政者以私恨派兵阻扣，勒令返家，從此則不知情況如何。今週刊索稿，故敢寄投，以資紀念。葆華謹識。」於是，這首《幻滅》便成了陳敬容公開發表的處女作，發表時詩作者還在距清華園千山萬水之外的成都，但冥冥中的詩緣始終召喚著她。

一九三四年初，曹葆華通過清華的同鄉同學聯繫到了陳敬容就讀女校的校長，之後便輾轉通過這位龍校長不斷給她寫信，再次動員她出川讀書，並且在年終寄上路費。就這樣，陳敬容終於在一九三四年的隆冬隻身一人，與家庭斷絕了來往，跋涉千里，穿越重山峻嶺來到了她心目中的文化中心北平。

行筆至此，總會聯想起那個時代裡，一個又一個與她同樣決絕而孤傲的女性身影，蕭紅、白薇、丁玲，她們都有著出眾的才情，敏感的內心，和不願接受命運安排的倔強。她們都無一例外地背棄原本的舊式家庭，帶著無限的希冀孤身來到北平、上海等大城市闖蕩，而此後她們皆因紛亂的戰事，飄零的情感，動盪的現實生活，如洶湧大海中的一葉風帆，不斷隨波流浪，沉沉浮浮，幾乎註定了無法擁有平穩正常的生活，波折和坎坷常伴在她們左右。

三

《盈盈集》收錄詩七十一首，共分三輯，第一輯「哲人與貓」，第二輯「橫過夜」，第三輯「向明天瞭望」，恰對應了詩人青年時代三個非常重要的人生階段，也可以從中窺察到她詩風微妙的轉變。

「哲人與貓」中的十一首詩作於一九三五年至一九三九年，其中五首寫於北平。北平的三年，陳敬容因經濟能力有限並沒有正式進入大學學習，但因為當時寬鬆的教育體制，她反而更多地獲得了讀書和選擇聽課的自由。她流連於清華、北大、燕京的圖書館，又定期去一位法國女教師家學習法語，這為她後來從事英、法文學的翻譯工作奠定了基礎，從而使她在上世紀四〇年代就完成了《巴黎聖母院》這部有名的譯作。更重要的是，因為曹葆華的關係，陳敬容被帶進了當時中國最有才華的學者和詩人群體中。梁宗岱、何其芳、孫大雨、孫毓棠、林庚、馮至、羅念生、卞之琳、辛笛等人，都成為她的朋友或熟人，她浸潤於濃郁的文化氛圍中，更直接或間接地接觸到當時世界最先鋒的詩歌藝術。

儘管在樂山時她已有不少詩歌習作，但一九三五年才是她詩歌創作的真正起點，在曹葆華主編的《北平晨報・學園》副刊「詩與批評」專欄上，她連續發表了《幾回》（一九三五年五月九日第五十三期），《長夏不眠夜》（一九三五年六月二十七日第五十六期），《暮煙》（一九三五年八月八日第五十九期），《叩門》（一九三五年九月十二日第六十一期），《十月》（一九三五年十月二十四日第六十四期）等多詩歌，同時也在《大公報》文藝副刊發表多首詩歌和散文。從此，陳敬容的詩情一發不可收拾，她從一個來自偏僻山鄉，默默無聞的初中女生，成為一位冉冉上升的新生代女詩人。也就在這一時期，另一位詩人辛笛也進入了清華大學，並參加了《清華週刊》文藝欄的編輯，在《大公報》文藝副刊、《水星》等雜誌上，常常可以看到曹葆華、陳敬容、辛笛、林庚等人的詩歌在同一期文藝副刊中同時出現。

陳敬容這一時期的詩，基調上多是孤獨、迷茫和寂寞的，初涉世事而又心性敏感的她，常常靜對一草一木，一花一葉，夜雨秋風，皓月幽竹等自然景物，抒發思鄉之情，和對茫茫人生的喟歎。而在詩歌的遣詞造句上透著婉約清麗的唐風遺風，如「紙窗」、「冷夢」、「幽咽」，「孤星」常出現在她的筆下，使全詩常彌漫著濃厚的古典意境，這可能與她兒時在川中受到良好的古文教育有關。

當然，陳敬容一方面繼承了中國古詩詞傳統，以及「新月」與「現代」的藝術傳統，另一方面卻建立了現代詩清新感人的新風格。抗戰年代裡，卞之琳在延安開始他的「慰勞信」的抒寫，以十四行對延安與晉冀前線的人物作了一些光潔的素描。馮至的哲理詩，深沉而樸實，影響深遠；唐祈寫出了《蒙海》、《游牧人》而曹辛之（杭約赫）抒寫人間的醜惡、苦難，杜運燮、袁可嘉寫了一些十四行諷刺詩，多是深刻的現實主義之作。鄭敏、穆旦則沉湎於藝術的玄思的探尋，也寫了一些里爾克風的十四行。

北平的安樂時光在「七七」事變後被匆匆打破，陳敬容和曹葆華等一行朋友們一道回到了成都，曹葆華在石室中學教授英文，陳敬容則參加了中華全國文藝界抗敵協會。由於戰時情況，當時很難找到工作，她每天幫助師友翻譯一些英國康拉德、美國愛倫・坡的作品，仍有斷斷續續的詩文發表在成都的文學期刊《工作》、桂林的《文藝陣地》及新加坡的《星島日報》文藝副刊上。一九三九年，曹葆華奔赴延安，次年加入中國共產黨，執教於魯迅藝術學院文學系，從此放下了寫詩的筆，潛心翻譯馬列著作。一九三九年的秋天，陳敬容來到了重慶，同詩人沙蕾成婚。正如無法得知七年前，陳敬容為何會登上往北平的船，我們也無從瞭解七年後，是什麼原因使曾經意氣相投的兩人分離，並最終如兩條平行線般不再有任何交集。讀《盈盈集》時，我總特別留心每首詩之詩末，詩人所記下的時間和地點，我注意到一九三九年四月寓居成都的陳敬容，寫下一首名為《窗》的詩：

你的窗／開向太陽／開向四月的藍天／為何以重簾遮住／讓春風溜過如煙？

我將怎樣尋找／那些寂寞的足跡／在你靜靜的窗前／我將怎樣尋找／我失落的歎息？／讓靜夜星空／帶給你我的懷想吧／也帶給你無憂的睡眠／而我，如一個陌生客／默默地，走過你窗前。（一）

空寞鎖住你的窗／鎖住我的陽光／重簾遮斷了凝望／留下晚風如故人／幽咽在屋上／遠去了，你帶著／照徹我陰影的／你的明燈／而我獨自迷失於／無盡的黃昏／我有不安的睡夢／與嚴寒的隆冬／而我的窗／開向黑夜／開向無言的星空（二）

這分二段的一首長詩，反復出現「窗」這個意象，而又進一步分為「你的窗」和「我的窗」兩個意象。詩的起首便為「你的窗」定下光亮的基調「開向太陽」，「開向四月的藍天」，詩的尾聲則是為「我的窗」定下昏暗的基調「開向黑夜」，「開向無言的星空」，與起首呼應。兩種格格不入的氛圍，似也暗示「你」和「我」截然不同的人生取向，也預示著不可避免的分離。「遠去了，你帶著／照徹我陰影的／你的明燈。」，「我有不安的睡夢／與嚴寒的隆冬。」

皆透露出作者的不舍和落寞，而「帶給你我的懷想吧／也帶給你無憂的睡眠。」，「如一個陌生客／默默地走過你的窗前。」則又反映出作者給即將遠去的友人的誠摯的祝福和牽掛。不知遠赴延安的曹葆華，是否就是曾經照徹陳敬容周身陰影的那盞明燈，是否就是那個她懷想的故人，當然這只是我無端的臆想。但女詩人，只凝望著深邃的星空，重新開始了她漂泊的旅程。

四

《盈盈集》第二輯「橫過夜」共收詩三十四首，作於一九四〇年至一九四五年，那正是陳敬容在荒寒的蘭州，度過的五年時光。她曾說這是自己在「荒涼的西北高原上做了一場荒涼的夢」。

婚後的陳敬容隨著詩人沙蕾來到蘭州。沙蕾一九三二年在上海文化書院法律系畢業，一九三三年出版首部詩集《心跳進行曲》，同時任上海《金城月刊》文藝主編，一九三七年自費出版詩集《夜巡者》，抗戰時期在重慶任「國民精神總動員會」設計委員。一九四〇年陳敬容和沙蕾離開重慶，輾轉來到蘭州，在蘭州沙蕾以中醫為業，而陳敬容做起了全職的家庭主婦，幾乎與她過去的生活和朋友相隔絕，也遠離了她熱愛的文學創作，過著單調、沉悶而貧窮的生活。終於一九四五年一月，她拋家棄女從壓抑的家庭生活中，毅然出走。先去投奔在四川江津縣白沙鎮當小職員的胞弟，住了一個月左右，求業無門，只好應兩位朋友之邀，到重慶盤溪藝術專科學校暫住，等待就業機會，生活上則靠胞弟的一點接濟。

陳敬容自己的回憶文字中，沒有對這段她人生過程中的又一次逃離有過多的描述，但我們也許能從她與沙蕾的女兒，沙靈娜在母親逝世十周年時，寫的《懷念媽媽》一文中，瞭解陳敬容在蘭州的處境：「父親是一個熱情洋溢的詩人，但一生從不曾腳踏實地，彷彿是一位夢遊者，卻同時又是俗世中沉溺於情欲的放縱主義者。在蘭州的那些歲月裡，他一方面禁錮媽媽的人身自由，一方面卻並不忠實於自己的愛情諾言，而在外面幾度尋歡作樂，傷透了媽媽的心。那些年月在經濟上，也是極其艱難的，缺少責任感的父親，幾乎不事生產，光寫詩是沒有飯吃的，他懂得一點中醫，曾在某藥房任『坐堂郎中』，但時常是有病人去找他找不到，不知他去何方遊蕩了。我們母女有時竟至在飢餓線上掙扎。」

但令人慶幸的是，不幸的婚姻和生活，卻絲毫沒有消磨掉陳敬容創作的靈感和激情，「橫過夜」中，就有二十九首詩，創作於蘭州，尚在橫跨西北荒漠時，她就開始才思迸發，在風塵僕僕的路上，邠州，平涼旅次，她便迫不及待地提筆寫新詩，改舊作。

借住在盤溪的三個月裡，陳敬容過得清貧而愉悅，那裡的山岩、溪水、樹木和草地，沖淡了她的苦悶和煩惱，極大地激發了創作熱情，她幾乎每天必有所作，有時一天三首詩，正如她在散文中回憶的「創作的欲望烤炙我像火一樣」。這些詩作，大多收錄在《盈盈集》的第三輯「向明天瞭望」之中。

陳敬容筆下，少年時代那無端的、纖弱的愁緒淡了，一種深刻而有力的思想逐漸湧動，詩風也變得洗練而灑脫。詩人雖然還時時流露出對過去不幸的哀泣，而更多的是為青春、為生命的繁榮、為未來美好日子的歌唱。

之後，陳敬容又去江北香國寺當了一段時間的文書，在那裡碰到了她曾經在北平的朋友何其芳夫婦，她曾幾次去曾家岩看望他們，而何其芳夫婦在精神上給了她極大的支持和鼓勵。就這樣，一度被邊緣化的女詩人，重新又回到了她在北平所熟悉的文化圈，這一時期成為她詩文創作的高峰。

一九四五年散文集《星雨集》和《盈盈集》編輯完成，巴金審閱後，準備在文化生活出版社出版，但由於當時經費困難，直到一九四七年和一九四八年，才先後在上海出版。從一九三二年第一首詩發表，整整十六年陳敬容從未放下她寫詩的筆，而終於她擁有了第一本她的處女詩集。

五

一九四六年夏，她轉調到上海文通書局工作。年底辭去編務，專事創作和翻譯。在此期間，她參加過上海文協及進步文化界組織的一些活動，如反內戰、反迫害、反飢餓運動等，並在《文藝復興》（鄭振鐸、李健吾主編）和《大公報》（鳳子、馬國亮主編）、《水準》月刊、《文匯報·筆會》副刊和《大公報》、《時代日報》、《世界晨報》、《僑聲報》、《聯合晚報》等文藝副刊上發表詩歌、散文、書評及譯詩。一九四七年她又出版了第二本詩集《交響集》（上海森林出版社）。在上海這個華洋混雜，繁華喧鬧的大都市，陳敬容的日子儘管仍過得艱難和動盪，有幾次差點露宿街頭，但她卻由衷地感到自由創作的快樂，有了一群志同道合的詩友，找到了更理想的人生舞臺。一九四八年春，她與友人王辛蒂、曹辛之等，共同發起創編《中國新詩》月刊，還編了一套「森林詩叢」。與此同時，她加入了由曹辛之與臧克家等人聯手出版的《詩創造》，並很快成了這個刊物的主要撰稿人，直接參加編務。曹辛之說：「《詩創造》的翻譯專號，詩論專號，敬容和唐湜是出了大力的。

圍繞這兩本詩刊，形成了中國新詩史上，非常獨特的詩人團體——「九葉詩派」，而陳敬容無疑是九葉詩人中與眾不同的代表。在我長期讀現代詩歌的印象中，九葉詩人們的詩，總洋溢著對未來的黎明，新人類的早晨的嚮往。

我們不妨一讀，九葉詩人的代表作。

全人類的熱情匯合交融，／在痛苦的掙扎裡守候，／一個共同的黎明。／四方的風暴，／由你最先感受。（陳敬容《力的前奏》）

是大家的方向，／因你而勝利固定，／我們愛慕你，／如今屬於人民。（如穆旦《旗》）

聽，詩人怎樣用激動人心的格律喊出了中國人民迎春的歡呼：／為著撕人心肺的被窒息的呻吟聲，他們來了！／為著慘絕人寰的最底層的掙扎聲，他們來了！／為著迴響在無數街道和炕頭的怒吼聲，他們來了！／那就是衝破冰凍嚴寒的春雷歡呼聲：他們來了！（杜運燮《雷》）

面對你我覺得下墜的空虛，／象狂士在佛像前失去自信；／書名人名如殘葉掠空而去，／見了你才恍然於根本的根本。（袁可嘉的《母親》）

九葉詩人們，彷彿是一面小小的明鏡，它映照出一個偉大的時代的風貌。詩人卻用嶄新的意象抒發了新意。這裡有光明與黑暗的強烈對比，有讚美的歌聲和控訴的怒吼。自然，在反映時代的同時，它也反映出詩人們沉思默想的內心世界。爾後，戴望舒與卞之琳、馮至等人聯手編《新詩》雜誌，「九葉」中，最早寫作的詩人辛笛、杜運燮和陳敬容等人，是在《新詩》上，首先發表作品。因《現代》而被稱為「現代派」，固然不宜；但是「第三種人」的立場，的確為三四十年代的現代派，提供了一種從未明確宣佈的方針。

葉維廉先生曾把「九葉」諸人詩的立場，總結成三點：一、這些詩人認為人植根於歷史，因此必須回應對歷史的召喚。因此這一階段所有的詩人，都寫到了戰爭和人民的苦難；二、他們認為個人與歷史互相依存。人既是歷史的產物，又必須做一個創造者。三、他們指出從個人到無我需要深沉的藝術考慮。對詩人來說，思想不是一個理想的概念活動，而是「血肉感情」的過程。也就是說，這批詩人並不是躲避國難加於每個人的歷史責任，而是通過個人化的方式，表現被個人體驗著的歷史。

六

一九四八年十一月，《中國新詩》與《詩創造》同時被查禁，沒有來得及向讀者告別便夭折了。只出版了五集。第五集的書名叫《最初的蜜》，這詩的最後兩行，是：

生命的意義，為了征服
它，你已嘗到最初的蜜。

同是一九四八年秋，陳敬容與蔣天佐一起離開上海，奔赴北方解放區，等輾轉到達香港時，航路已經不通，便在九龍的荔枝角村暫住幾個月。其間，她曾到達德學院參加文藝座談，到淺水灣憑弔蕭紅墓。一九四九年三月來北京，不久，她進入河北老區正定縣華北大學分校，年底到北京最高人民檢察署工作。一九五六年調《譯文》雜誌（後改為《世界文學》）任組長。一九六五年又調至《人民文學》編輯部。

十年浩劫時，她曾住在北京的一個小小的四合院裡。不知是一個什麼原因，這位女詩人，後遷居至北京一座廟宇「法源寺」棲生。

一九七八年文革剛結束，為了編寫《中國文學家辭典》和《中國現代女作家》，在人們的記憶裡，又想到了這位幾乎消失的女詩人，幾經打聽，才知道她在一座破廟裡呆著。在這裡我們不妨一讀孫瑞珍當年對這位女詩人的回憶：

「一天，寒冷異常，北風呼嘯，我和一位朋友來到位於北京正南方向的一座寺廟——法源寺。那時的法源寺還沒有修葺，一幅破落、凋零的慘景，院子裡來往的人很少，走進裡院，使人覺得有些驚然。有人告訴我陳敬容就住在這座破廟的一間房子裡，按照看廟人的指引，我找到了那間房子，廟的後院有三間瓦房，分住兩家人，中間的堂屋，兩家公用，放些碗櫥等零七八碎的東西。兩家人的門口都是鎖頭將軍把門。窗戶都是那種老式有格子的木櫺窗，屋子裡很黑，我只好趴在窗玻璃上觀察，判斷陳敬容住在哪間房子裡。很湊巧，詩，幫了我的忙。靠窗的桌子上堆著一些不太整齊的雜誌，正中間，有一堆擺放不很端正的稿紙，我一眼認出，那上面的字是陳敬容的筆跡，那是她的詩的手稿，我在門上給她留下了一張紙條。回來的路上，我高興極了——找到了詩，就找到了陳敬容，找到了陳敬容也就找到了詩。過了兩三天，我接到了她的來信，她約我儘快到她的房子裡談一談，我又一次到了法源寺。走進她那又冷又黑的房子。火爐燃得不旺，彷彿進了冰窖一般。當她伸出手來跟我握手時，我發現她的手粗糙得如同常年在農村勞動的老農的手，並且所有的骨節都突出增大。房子裡沒有自來水，也沒有廁所、下水道，每天要提幾大桶水。那時，她和女兒住在一起，幾乎所有的家務勞動都由她一個人承擔。機關比較早就讓她辦了退休手續，她只好靠著為數不多的退休金打發日子……」

讀了這樣真實的回憶，就不難想像出這位女詩人，所遇之坎坷命運。一個女詩人，幾經劫難，已無法講清面目。當然那詩的火花，也自生自滅，似一道劃破黑夜長空，光彩奪目的流星，不可逼視，卻又悠然而止，一切複歸於大地，為平淡歲月，送去了人世間聲音的律動。

我只能默然深長地想：女詩人留下的每一句閃動心靈的詩，在人性的深谷處，總益智賞眼，使生命不會枯萎。

（參見《文藝報》一九八一年二四期，孫玉石：《帶向綠色世界的歌》。《新文學史料》一九八一年第二期，臧克家：《長夜漫漫終有明》。一九八二年二月二十六日《人民日報》蔣天佐：《讀〈九葉集〉》）

妙詩賞讀

雨後

雨後的黃昏的天空，
靜穆如祈禱女肩上的披巾；
樹葉的碧意是一個流動的海，

煩熱的軀體在那兒沐浴。

我們避雨到槐樹底下，
坐著看雨後的雲霞，
看黃昏退落，看黑夜行進，
看林梢閃出第一顆星星。
有什麼在時間裡沉睡，
帶著假想的悲哀？
從歲月裡常常有什麼飛去，
又有什麼悄悄地飛來？
我們手握著手、心靠著心，
溪水默默地向我們傾聽；
當一隻青蛙在草叢間跳躍，
我彷彿看見大地在眨著眼睛。

夜客

爐火沉滅在殘灰裡，

是誰的手指敲落冷夢？
小門上還剩有一聲剝啄。

聽表聲的答，暫作火車吧，
我枕下有長長的旅程
長長的孤獨。

請進來，深夜的幽客，
你也許是一隻貓，一個甲蟲，
每夜來叩我寂寞的門。

全沒有了：門上的剝啄，
屋上的風。我愛這夢中的山水；
誰呵，又在我夢裡輕敲……

假如你走來

假如你走來；

在一個微溫的夜晚，
輕輕地走來，
叩我寂寥的門窗；

假如你走來，
不說一句話，
將你戰慄的肩膀，
依靠白色的牆。

我將從沉思的坐椅中

靜靜地立起
在書頁中尋出來
一朵萎去的花
插在你的衣襟上。

我也將給你一個緘默，

一個最深的凝望；
而當你又踽踽地走去，
我將哭泣——
是因為幸福，
不是悲傷。

抗辯

是呵，我們應該閉著眼，
不問那不許問的是非；
我們知道我們的本分只有忍受
到最後；我們還得甘心地
交出一切我們的所有，
連同被砍殺後的一堆骨頭。

當無情的刀斧企圖斬盡
所有會發芽的草根，

可憐的人，你卻還在癡心
想灌溉被詛咒的自由！
大地最善於藏汙納垢，
卻容不下一粒倔強的種子，
儘管真理苦苦地哀求。
你憤怒、抗辯、咬碎你的牙齒——
那全是活該，你還得一樣樣挨過：
暴戾的風雨，慘毒的日頭……

陳敬容簡介

陳敬容（一九一七年～一九八九年），原名陳懿范，原籍四川樂山人。是中國現代創作時間跨度最大，藝術生命最長的女詩人，為九葉派詩人。一九三二年春開始學習寫詩。一九三四年底獨自離家前往北京，自學了中外文學，在北京大學和清華大學中文系旁聽。這時期開始發表詩歌和散文。第一首詩《十月》作於一九三五年春，一九四六年在上海《聯合日報晚刊》上發表。一九三八年在成都參加中華全國文藝界抗敵協會。一九四五年在重慶當過小學教師，一九四六年當過雜誌社和書局的編輯。同年出版第一本散文集《星雨集》，並到上海，專門從事創作和翻譯。一九四八年參與創辦《中國新詩》月刊，任編委。她是《九葉集》詩友成員。一九四九年在華北大學學習，同年底開始從事政法工作。一九五六年任《世界文學》編輯，一九七三年退休。

主要作品有：《交響集》（一九四八），《盈盈集》（一九四八），《老去的是時間》（一九八三）。

卞之琳：

雨點含有你昨夜的歎息

《魚目集》一九三五年十二月文化生活出版社初版

一

詩的生命不在紙上，而在舌尖。從這一點看，白話詩似乎少了一點生命力，少有膾炙人口之作，無法如古詩詞般，讓人讀之不忘，拉起古韻，時可吟誦。但這也是沒有辦法的事，因為在中國現代白話詩的發展過程中，一直是自由詩和格律詩輪番更迭，以致長期來造成各體並存和互為競賽的多元狀態。直至今日依然如此。

但至今卻有兩首現代詩，只要有人一起了頭，必有人能接下去，一首是志摩的「輕輕的我走了，正如我輕輕地來，我揮一揮衣袖，不帶走一片雲彩」，而另一首，則便是卞之琳的：「你站在橋上看風景，看風景的人在樓上看你。明月裝飾了你的窗子，你裝飾了別人的夢。」。

徐志摩將與林徽因的似水華年，凝聚在了《再別康橋》裡，而卞之琳的《斷章》中，也有一個朦朧的倩影，那是他情牽半生的張家四小姐——張充和。但感情上，徐志摩比卞之琳幸運得多，林徽因雖嫁於梁思成，精神上她與志摩卻始終是知已，以soul mate形容他倆一點不為過。然卞之琳與張充和卻始終相隔，《天涯晚笛》中，她說對卞之琳從未動情，也從未「招惹」，他埋頭作的許多詩，埋頭寫的許多信，她並不理解。她於他是刻骨銘心，他於她只是輕風流雲。

徐志摩是卞之琳在北大時的老師，也是他詩歌創作的引路人。正是徐志摩將這位內斂、寡言，情感細膩豐富的學生的習作，拿去在自已主辦的《詩刊》上發表，才讓卞之琳還未畢業便已詩名在外。他進入了「新月」詩人的行列，結識了沈從文。也正是在沈從文的家中，他第一次見到了張充和，剛剛考入北京大學的充和，將要成為他的學妹。那天，充和坐在一棵大槐樹下，與高采烈地給圍坐的一群人，講她初到北平的趣聞，陽光灑在她細碎的髮梢上，晶瑩如朝露，對詩人來說，卻如夢似幻。

《魚目集》初版於一九三五年十二月，是卞之琳的第二本詩集，卞之琳的第一本詩集是因沈從文的資助而自費出版的《三秋草》。〈斷章〉正收錄在《魚目集》中，由文化生活出版社出版，是巴金主編的「文學叢刊」之一。我所藏的是一九三六年三月再版，小三十二開本，道林紙，封面素白，無任何裝飾，只印紅色的書名和作者，是當時「文學叢刊」一貫的書裝風格。全書分五輯，共收二十九首詩，〈斷章〉是第一輯的第五首，書前有卞之琳的小序，作於一九三五年十月，當時他旅居日本京都五個月回國，當時他在濟南的一所中學任教。

二

卞之琳一九一〇年生於江蘇海門湯家鎮，小時念的是「國民小學」，一九二九年上海浦東中學畢業後考入北京大學西文系。中學時，卞之琳在上海的商務印書館，買了冰心的詩集《繁星》，開始對新詩產生了興趣，後來又讀到郭沫若的《女神》，深為震憾，入大學後便嘗試創作。

毗鄰北大沙灘紅樓，有一條漢花園大街，解放前的老北大學子無人不知，如今漢花園早已淹沒於歷史的煙塵，若不是因為卞之琳、何其芳、李廣田這三位北大學生詩人的《漢園集》，後人早無從知曉。

「有小樹夾道的狹長庭院裡，常有一位紅臉的穿大褂的同學，一邊消消停停地踱步，一邊念念有詞地讀英文或日文書。經人指出，我才知道這就是李廣田。同時，在紅樓前面當時叫漢花園的那段馬路南邊，常有一個戴著深度近視眼鏡，一邊走一邊抬頭看雲，旁若無人的白臉矮個兒同學，後來認識，原來這就是何其芳。這便是卞之琳對兩位同窗詩友的最初印象，之後他們以詩會友，談文論道，合著詩集，成為民國詩壇一段佳話，「漢園三劍客」之名不脛而走。

其時正是「新月」詩派的黃金時代，也是京派文人聚會的鼎盛時期，林徽因總布胡同「太太的客廳」和朱光潛慈慧殿三號寓所的「讀詩會」這兩大文人雅集都邀請卞之琳參與。尤其是朱光潛的「讀詩會」每月舉辦一至兩次，目的是「研究新詩應怎樣做」與「誦詩的藝術」，卞之琳的詩在讀詩會上受到沈從文、孫大雨、馮至等眾人的好評，他還得以結識了李健吾、羅念生、曹葆華等一群志同道合的青年文人學者。

對二十世紀中國的知識分子來說，那是難得的一段清明祥和的時光，但戰爭的陰影步步逼近，一觸即發，從此偌大中國放不下一張平靜的書桌。卞之琳與眾多知識分子一樣，顛沛流離，曾經的漢園三詩人天各一方、輾轉萍聚。一九三六年三人均在膠東教書，在青島卞之琳寓所短暫相聚，徹夜暢談；一九三八年卞之琳與何其芳逗留成都，便一起創辦文學刊物，之後兩人又一起到了延安；一九四〇年卞之琳自延安回西南大後方，執教西南聯大，恰李廣田也在聯大，兩人得以時常見面。建國後，漢園三詩人又在北京重聚，然而短暫的平靜後，等待他們的卻是一場更大的淒風苦雨，李廣田和何其芳都在風雨飄搖中先後離世，只留卞之琳一人寂寞地整理兩位摯友的遺稿，北京大學東西齋詩文往還的舊夢終難以續。

三

翻開《魚目集》，第一首〈圓寶盒〉，讀到一半便生出一種奇異之感，不禁問，竟有這樣的詩，竟有人能寫出這樣的詩，讀完整首詩，又禁不住再從頭讀第二遍、第三遍……，真是一種全新的觀感。

我幻想在哪兒（天河裡？）／撈到了一隻圓寶盒，／裝的是幾顆珍珠：／一顆晶瑩的水銀／掩有全世界的色相，／一顆金黃的燈火，／籠罩有一場華宴，／一顆新鮮的雨點，／含有你昨夜的歎氣……／別上什麼鐘錶店，／聽你的青春被蠶食，／別上什麼古董鋪，／買你家祖父的舊擺設。／你看我的圓寶盒，／跟了我的船順流，／而行了，雖然艙裡人，

／永遠在藍天的懷裡，／雖然你們的握手，／是橋！是橋！可是橋，／也搭在我的圓寶盒裡；／而我的圓寶盒在你們，／或他們也許就是，／好掛在耳邊的一顆，／珍珠——寶石？——星

時隔八十多年的歲月，如今讀卞之琳的詩依然會有一種聳動，藝術風格較之當今的詩歌作品仍相當前衛而獨樹一幟，也就可以想見當年他的詩集出版後給詩壇帶來的震動。

《魚目集》出版後僅兩個月，李健吾便發表了一篇長文〈《魚目集》——卞之琳先生作〉，稱包括卞之琳在內漢園三詩人標誌新詩「現代派」的成熟，這也是新詩的「現代性」第一次被提及。李健吾懷著極大的熱情，庖丁解牛般解析了《魚目集》中的多首詩歌，他認為「斷章」一首透露「詩人對於人生的解釋？都是裝飾，這裡的文字那樣單純，情感那樣凝練，詩面呈浮的是不在意，暗地卻埋著說不盡的悲哀。」

李健吾發文後的兩個月，卞之琳寫了〈關於《魚目集》〉，答駁李之評論，他說李的解讀有些與自已的創意「差不多」，但有些卻是「全錯」，如「斷章」一篇他在創作時更著重「相對」。當時一些左翼詩人，批評卞之琳的詩「沒有內容」、充滿了「幻想」、「華宴」，較之反映底層勞苦民眾生活的詩作，顯得過於個人趣味。卞之琳也在文中一併回應，「材料可以不拘，忠君愛國，民間疾苦，農村破產，階級鬥爭，果然可以入詩，……無論是『吟風月』或者『吟血淚』都要有『痛切的感覺』，而且要經過藝術的『適當的安排』。」

李健吾真是一匹「快馬」，卞文一出，他又再寫了〈答《魚目集》作者〉，認為作者有作者的意圖，而評論也自有評論的價值，對〈斷章〉他說，「我冒然看做寓有無限的悲哀，著重在『裝飾』兩個字，而作者恰恰相反，著重在相對的關聯。我的解釋並不妨害我首肯作者的自白。作者的自白也絕不妨害我的解釋。與其看做衝突，不如說有相成之美。」幾十天后，卞之琳發文認為詩難以解讀，解釋一首詩往往等於解剖一個活人。當時，邵洵美在〈詩與詩論〉一文裡，他

推薦了卞之琳的《魚目集》，他曾說：「初期的白話詩的秧苗已成熟地結實了，形式已更豐富，意境已更擴大，技巧已更完善了。之琳先生的詩，在技巧方面可以說比徐志摩先生的已更進了一層，形式已不僅是結構上詞藻上的美麗，而是有意義的美麗；意境已不僅是有含蓄，有動作，有圖畫，而是更能與詩人自己的人格合拍的表現了；韻節已不僅以悅耳為滿足，它已被利用為傳達及點示的力量；新詩已不再是對舊詩革命的產物，它本身已成為一件新藝術了。試將之琳先生的《距離的組織》與適之先生的《第五十九軍戰死將士公墓碑銘》一比，便可以知道。」在這對新詩的長進上，邵的評說，確具有別人未能說出的新義。

這場關於《魚目集》的爭論原本已告尾聲，但一九三七年六月，梁實秋以化名批評「一部分所謂作家，走入了魔道，故意作出那種只有極少數人，也許還沒有人，能懂的詩與小品文，即所謂『象徵派』的『糊塗詩文』」，舉的第一個例子便是卞之琳。而之後胡適也發文，支持了梁實秋的觀點。一石激起千層浪，周作人、沈從文，以《關於看不懂》為題著文，進行了反駁。周作人認為作品的是非應該有作家和批評家定，不能以中學生能否看懂，據此以定那種新文藝之無價

值；沈從文則認為讀者有「歡喜明白清楚」和「歡喜寫得較有曲折」兩種，認為卞之琳這類能在文學上創造風格的作者，對新文學的發展具有貢獻。

《魚目集》所引發的討論，恰折射出當時新詩創作上激烈的思想交鋒。《魚目集》出版之時，正是新詩自萌芽向成熟的轉變時期。早期胡適的《嘗試集》、冰心的《繁星》、郭沫若的《女神》著力於打破舊體詩的格律，以白話文書寫鮮活地情感，但大多詩作還是有舊體詩的影子或散文化的傾向；其後《志摩的詩》、聞一多的《死水》、戴望舒的《望舒草》才讓新詩的詩風產生了裂變，完全地脫離舊體詩，徐志摩和聞一多都不同程度受到雪萊、濟慈、拜倫等十九世紀古典浪漫派詩歌的影響，而戴望舒則更多承襲十九世紀後半葉法國象徵主義詩歌的特質；直到李金髮、卞之琳、何其芳等人，歐美現代主義文學才開始真正影響中國新詩。

四

《魚目集》中，詩人像一個旁觀者，一個冷峻地敘述者，將世間平淡無奇的萬象，用精巧的語言和形式，構建成一組令人捉摸不透而意味深長的意象。如這首〈寂寞〉：

鄉下小孩子怕寂寞，／枕頭邊養一隻蟈蟈；／長大了在城裡操勞，／他買了一個夜明表。

／小時候他常常羨豔，／墓草做蟈蟈的家園；／如今他死了三小時，／夜明表還不曾休止。

整首詩猶如三個電影的鏡頭變換，淡淡地便把人的一生寫盡，十分節制地探討生命的易逝和時間的永不復反，而蟈蟈、夜明表、墓草三個意象的交替出現，分別暗喻童年、時間和死亡，烘托了全詩沉重而蕭索的氛圍。

卞之琳的許多詩看起來輕巧，實則舉重若輕，卞之琳曾將他的詩歌創作歸結為「喜愛淘洗，喜愛提煉，期待結晶，期待昇華」，時常一首詩要經過反復修改，反復斟酌。

《魚目集》出版後五年，卞之琳的第三部詩集《慰勞信集》才問世，這部他來到延安，目睹抗日戰實後寫下的紀實詩作，一反過去晦澀、玄奧而清靈的語言風格，而十分淺白直接，詩風儼然判若兩人。直到一九四二年卞之琳出版《十年詩草》，我們才得以瞭解一九三五年至一九三七年間卞之琳曾將所寫的十八首詩編為《裝飾集》，題記獻給張充和，原本也準備將詩稿送新詩社出版，但因戰事而廢。不輕易在詩中書寫個人情感的卞之琳，一反在《魚目集》中疏離旁觀的冷峻視角，將纏綿的相思溶化在詩句之中，呈現卞詩難得的溫柔靜美，「魚化石」、「白螺殼」等多首唯美的愛情詩皆出自這一時期。只是卞之琳的性格理性大於感性，對感情的追求也是小心翼翼，與張充和灑脫的個性格格不入。他的詩作也是理智勝於感情，很少有直接的情感宣洩，總把心底的情感層層包裹，連他苦戀張充和時寫下的幾首「無題」詩也是迂迴婉轉，欲說還休。

四〇年代後卞之琳漸漸停止了詩歌創作，而專心從事翻譯，並開始寫一直構思的長篇小說《山山水水》。一九四八年的十二月，卞之琳由英國牛津返回國內，而一個月前，新婚的張充和、傅漢思夫婦離開北平遠赴美國，兩人一別，再次相見已是匆匆四〇多年。

如今《魚目集》已成為中國新詩的經典之作，關於它是焉非焉的論爭早淹沒在新文學史料中，關於它的愛情故事猶讓一代代的愛詩人唏噓，詩歌的生命力終須時光的淘洗而愈加光燦剔透。

妙詩賞讀

斷章

你站在橋上看風景，
看風景人在樓上看你。

明月裝飾了你的窗子，
你裝飾了別人的夢。

寂寞

鄉下小孩子怕寂寞，
枕頭邊養一隻蟈蟈；
長大了在城裡操勞，
他買了一個夜明表。

小時候他常常羨豔
墓草做蟈蟈的家園；
如今他死了三小時，
夜明表還不曾休止。

半島

半島是大陸的纖手，
遙指海上的三神山。

小樓已有了三面水
可看而不可飲的。
一脈泉乃湧到庭心，
人跡仍描到門前。
昨夜裡一點寶石
你望見的就是這裡。
用窗簾藏卻大海吧
怕來客又遙望出帆。

入夢

設想你自己在小病中
（在秋天的下午）
望著玻璃窗片上
灰灰的天與疏疏的樹影，
枕著一個遠去了的人
留下的舊枕，

想著枕上依稀認得清的
淡淡的湖山
彷彿舊主的舊夢的遺痕，
彷彿風流雲散的
舊友的渺茫的行蹤，
彷彿往事在褪色的素箋上
正如歷史的陳跡在燈下
老人面前昏黃的古書中……
你不會迷失嗎
在夢中的煙水

古鎮的夢

小鎮上有兩種聲音
一樣的寂寥：
白天是算命鑼，
夜裡是梆子。

敲不破別人的夢，
做著夢似的
瞎子在街上走，
一步又一步。
他知道哪一塊石頭低，
哪一塊石頭高，
哪一家姑娘有多大年紀。
敲沉了別人的夢，
做著夢似的
更夫在街上走，
一步又一步。
他知道哪一塊石頭低，
哪一塊石頭高，
哪一家門戶關得最嚴密。

「三更了，你聽哪，
毛兒的爸爸，

這小子吵得人睡不成覺，
老在夢裡哭，
明天替他算算命吧？」

是深夜，
又是清冷的下午：
敲梆的過橋，
敲鑼的又過橋，
不斷的是橋下流水的聲音。

卞之琳簡介

卞之琳（一九一〇年～二〇〇〇年），生於江蘇海門湯家鎮，祖籍江蘇溧水，曾用筆名季陵，詩人（「漢園三詩人」之一）、文學評論家、翻譯家。抗戰期間在各地任教，曾是徐志摩的學生。為中國的文化教育事業做了很大貢獻。〈斷章〉是他不朽的代表作。對莎士比亞很有研究，西語教授，並且在現代詩壇上做出了重要貢獻。被公認為新文化運動中重要的詩歌流派新月派的代表詩人。

主要作品：有詩集《三秋草》（一九三三）、《魚目集》（一九三五）、《數行集》（收入《漢園集》一九三六）、《慰勞信集》（一九四〇）、《十年詩草》（一九四二）、《雕蟲紀曆一九三〇～一九五八》（一九七九）等。

詩人徐遲的抗戰詩

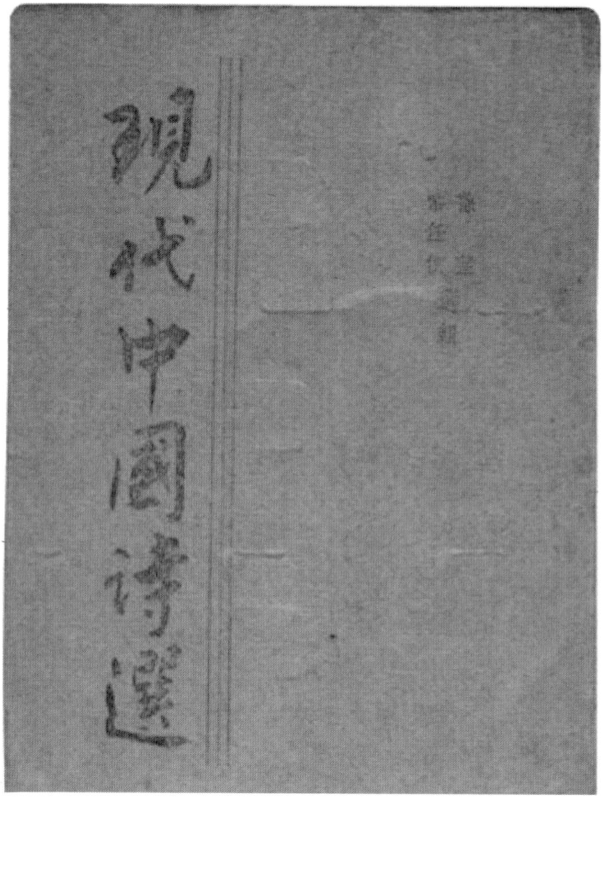

一

作為詩人的徐遲（一九一四年～一九九六年），離開我們已有十四個年頭了，他是我的鄉前輩，今年十月十五日，是他九十六周年生辰。自文革結束與他初識，至今已近三十年。他的詩作、譯作、報告文學集以及自傳體隨筆《江南小鎮》，還插架我書櫥顯眼處，時可閱讀。但每當想起那年正值全國文代會期間，他突然離我們而去，心中無不扼腕歎謂。詩人的一生猶如一部未完成的傑作，永遠可讀之、可思之、可念之。也時引我綿綿的思念。特別是，每到他曾經鍾情的江南小鎮一走時，就會很自然想起他，即愁上心頭。真有「欲折一枝寄相憶，隔江殘笛雨瀟瀟」之意念，那夢縈魂繞之感，油然而生。由於他的〈哥德巴赫猜想〉曾聞名於世，如今，人們只知他是一個報告文學家，其實，他是一個純粹的詩人。

最近，《海上文學百家文庫》出版，作為編輯之一的陳子善教授，就曾說到：「我們這一次編選，把各種風格、傾向和流派，基本上都兼顧了。具體到作家個人，比如徐遲，他在一九四九年後寫了很多報告文學，影響不小，但是他在三四十年代，其實是『新感覺派』詩人。」這話，評說中肯。徐遲，於二〇世紀三〇年代中期登上中國文壇，那時他只有二十歲，發表了意象派的詩，出版過意識流小說，也寫過許多動人的情歌，是戴望舒、施蟄存為首的「現代派」中的一員。若以一九三九年為界，徐遲早期詩作，受西方現代派文學影響，作品重意象，詩味朦朧幽邃；如他的《二十歲人》詩集中，有〈都會的滿月〉一詩，開首就有「寫著羅馬字的／I II III IV V VI VII VIII IX X XI XII／代表的十二個星／繞著一圈齒輪。」，記得那詩最富詩意的幾句：「短針一樣的人／長針一樣的影子／偶或望一望都會的滿月的表面。」又如「我及其他」一詩，「我，日益擴大了／我的風景／我！倒立在你虹色彩圈的IRIS上，／我是倒了過來的我。」這些詩句，主要是「去暗示事物而不是清楚地陳述他們」（見威爾遜《阿克兒的城堡》）充溢著意象派的風格。

但是，風雨飄搖的中國，隨著盧溝橋的槍聲，抗日救亡的吶喊，使詩人從迷茫中驚醒，血與火的戰爭，使他迅速走出自我。當時的徐遲，作為一個年輕詩人，於一九三八年五月，挈婦攜雛，離開了故土南潯，離開了孤島上海，來到香港。在香港，徐遲遇到了他追求光明與進步的引路人喬冠華，在喬冠華、袁水拍、鬱風等人的幫助和指引下，他又在一九四〇年初冬，來到陪都重慶。

近日，我整理書篋，翻閱了些舊書刊，無意間翻出了由孫望、常任俠編選的《現代中國詩選》，那是一本豎排的詩集，小三十二開本，暗紅色的封面，書裝平常簡潔。此集於一九四三年七月，由當時的南方印書館出版，版權頁上印著重慶民權路三十七號。翻開目錄首頁，第一與第二首就有徐遲的二首長詩〈中國的故鄉〉和〈前方有了一個大勝利〉。

以我所見新詩史料，從抗戰爆發至一九四九年，有關新詩集的編選本，似只有孫望、常任俠選的《現代中國詩選》和孫望編的《戰前中國新詩選》。也許還有，可我未能讀到。

收在這冊《現代中國詩選》中的詩人有艾青，袁水拍、廠民、常任俠、李廣田、力揚、賈芝、鄒荻帆、彭燕郊、冀方、賈子豪、汪銘竹等。當時，正值中國抗戰最艱苦最激烈之時，這冊厚三〇二頁的《現代中國詩選》，用的是最差的黃色土紙，時間久了，字跡已漫漶不清，恕我寡聞，出版社用這樣的紙印出書來，似屬少見。是出版史上的一個特列，百年少見，不成了中國抗戰之征物。由於全面抗戰，物流被日軍封鎖，陪都重慶那時作為大後方，足見其物質上的匱乏。

詩集由常任俠先生於一九四二年十二月十四日寫了前言，他說：「這裡我選取了三十六個人的詩，有如三十六枝芬芳的花朵。雖然各有各的顏色，各有各的姿態，但都是美好的，可愛的。因為用著爭取自由平等而流的血，去澆溉培育的產品，所以顯得那麼燦爛，那麼壯健鮮明。一個新的社會，所需要的正是這樣的藝術，用這樣的裝飾，才能使新中國的土地，充實健康，用這樣的聲音，才能歌唱出新中國人民熱烈躍進的精神。我們新詩人的行列是綿長的眾多的，產生的作品也是豐富的，這裡只採擷這一點點，送給前進鬥爭的兄弟們，並為勝利祝福。」

二

我想，時過七〇年後的讀者，今日重讀，依然履痕時代的烙印。如今，對詩人徐遲，我們只知他抗戰時，寫了《在前方——不朽的一夜》、《太湖游擊隊》等詩文，但對於〈中國的故鄉〉

和〈前方有了一個大勝利〉這兩首長詩，所知甚少。其實，那時詩人的腳步，從蘭州、酒泉，從陝北到天水，一路風塵撲撲地走來，其足跡插到蘇俄邊界。經過這幾年的磨礪和鍛鍊，徐遲已經成了一個心向共產黨的左翼文化人。

徐遲在〈中國的故鄉〉一詩中，起頭就提出了問題，並回答了中國的故鄉在西北：「黃帝的子孫：／我們還記得嗎？／你們知道嗎？／中國的故鄉在哪裡？／中國的故鄉在西北／我們的故鄉／文化的故鄉／在秦隴盆地／在陝西和甘肅。」詩人又說，「黃帝的子孫要回去，回到文化的搖籃，回去中國的故鄉。」因為，那裡的城頭底下有城，枕頭底下有金。詩人還希望人們不要過多去懷有江南的鄉愁，因為抗戰的大後方，那時在西北；所以詩人用滿腔的熱血，嘔歌大後方美麗的大自然，詩中頌揚了西北的牧場、羊群、煤、鐵、石油等豐富的礦藏。詩人用細膩的筆觸，描繪了一幅幅「塞北江南」的圖畫，呼喚眾志成城，把西北建設好，以禦敵人、並取得最後的勝利。詩人呼出：「我們抗戰的根據地在哪兒？／在西北，在中國的故鄉。／我們的反攻條件在哪兒？／在西北，在中國的故鄉。／我們勝利的基礎在哪兒？／在西北，在中國的故鄉。」〈前方有了一個大勝利〉，也是抗戰的一首長詩，「前方有了一個空前的大勝利，／後方有一個慰勞團派出來了。／……士兵們一堆一堆從戰壕裡出來，／……後方的大城市，／為這次勝利出了號外。」雖然這詩，在今日讀來有些口號化，但在當時戰爭年代，卻帶有強大的鼓動力，如：「一片青雲飄過來／在關隘上一座／鑼鼓大聲笑了／她們跳出最後勝利的大午蹈／到那一天，四萬萬五千萬人／都瘋狂地，這樣地、這樣地跳動著。」徐遲的這兩首長詩，讀來感人肺腑，讓人重溫了八年抗戰風雲。徐遲那時認為：「現狀是，在抗戰期間，詩人應當寫抗戰詩歌，新詩對青年人是最好的宣傳工具。新歌曲和新詩有同樣的作用；新歌曲，包括抗日歌曲的流行，不能抹煞。」在重慶，徐遲是在這樣的身體力行的。

徐遲，十七歲開始寫詩，十八歲時在《燕大月刊》上發表處女作《開演之前》，二十二歲出版了第一本集子《二十歲人》。詩人彭燕郊在回憶徐遲時曾說：「後來我也到了重慶，重慶的幾個詩人，徐遲，王亞平，臧雲遠，柳倩請我吃飯。徐遲還約我去咖啡店聊天。後來我到北京開會，他跟我住一個招待所，兩個人就聊了很多，聊得很好。徐遲是一個知識非常全面的詩人，很了不起。詩寫得好，散文寫得好，翻譯也很好，他譯的書不是普通的書，幾十萬字的《巴馬修道院》是他最先譯出來的，《托爾斯泰傳》，英國人莫德寫的，最權威的傳記，是他和另外一個人合譯的，都是大部頭的東西。他還非常懂音樂，年輕的時候就出過兩本關於音樂的書。」

今天，從徐遲走過的詩人之路，我們也許只看到後起的九葉詩派的成就，而忽略了一大批現代派的詩人們，有些詩人的名字為人早淡忘，甚或被時代所掩埋，這些詩人為建構和發展現代主義詩歌，進行的默默的奉獻和犧牲，以及所經受的深刻的徘徊與掙扎，揚棄與選擇的種種內在矛盾與外在壓力。九葉詩派乃是現代主義詩歌藝術調整的集大成者；但事實上，從上世紀三十年代，以及抗戰開始，在經過相當長時期的藝術反思、調整與轉化後，才使現代主義在新的歷史條件下獲得了新生。我們說，徐遲正是在現代主義詩歌之路上，灑下了探索者的一份心血，留下了前行者的足跡，才使現代主義詩歌的發展，結出了累累碩果，並且產生了穆旦這樣傑出的現代主義詩人。

一個二十八歲的詩人，有一次在周恩來參加的晚會上，他高聲地朗誦了自己的詩作：〈持久、冷靜、堅強〉。這是一首關於堅持抗戰的詩。那是一九四二年的十二月七日，中華全國文藝界抗敵協會，在中法比瑞文化協會舉行茶話會，歡迎新近從全國各地來到陪都重慶的作家，當時，茅盾、冰心、巴金、安娥、袁水拍等都在那裡。這年的夏天，徐遲又來到歌樂山大天池附近一個名叫蒙子樹的村落裡，他閉門謝客，過上一個學者的生活，專心致志地撰寫詩歌論著《詩的誕生》。論文完成後，他還打算翻譯一部大書——荷馬史詩《伊利亞特》。這段時間，徐遲是用「史綱」為筆名，發表了許多詩作。

三

讀著這冊土黃紙的、每一個字都要細詳的《現代中國詩選》，從而想起我與徐遲詩人的初識，那是上世紀七〇年代末，他正和妻子陳松一起回鄉，暫住南潯小蓮莊（毗鄰嘉業堂藏書樓）。我去看他，夫婦迎面而來，在他臥室小坐片刻，他便帶我往嘉業堂藏書樓旁的小河邊散步，邊走邊談的還是詩，雖然那時他已少寫詩了。但從氣質上講，他雖已步入了耄耋之年，可徐遲還是一個很現代的詩人，且是一個完美的追求者。正如同為詩人的邵燕祥所說：徐遲是一位純粹的詩人，他的報告文學也是當詩來寫的。「詩人」不僅是徐遲的第一個身分，也是最根本的身分。他的詩學轉型乃至人生選擇，都體現出了一個詩人的秉性和氣度。」此話說的極是。爾後，我和徐遲接觸漸多，凡他回鄉，我總能當面向他請教，還為他拍攝了許多可資紀念的照片。我請他寫書法，每次他都笑呵呵的，從不拒絕，從沒一點大詩人與報告文學大家的架子，最後幾年冬天，我看到他穿起唐裝的緞花棉襖，身材高大的詩人，依然很美。

然而，「美往往處在巔峰之前，花盛則謝，光極則暗。」一九九六的十二月十八日，那是一個冬天的夜晚，我突然間接到訊息：「著名作家，八十三歲高齡的徐遲，十二月十三日淩晨，於武漢逝世。」後來又在《新民晚報．夜光杯》讀到李輝的〈悲徐遲〉一文，作為人民日報的記者，他寫道：「就在一星期前，李小林（巴老女兒）與我在電話中，談及想請徐遲為《收穫》開辦一個專欄的設想。昨天晚上，我告訴她這個噩耗。她連聲說遺憾，說如果早一點與徐遲商定，說不定他不會做出這樣的選擇！」從李輝之文，似乎是對開專欄遲未商定，巴老女兒遺憾不絕。之後，巴金老特地送了花圈。

但是，從我當時所看到的有關徐遲的突然離世，悲徐遲者總有各類的想法，如一九九七年一月三日，上海施蟄存老給友人的一封信中是這般寫的：「徐遲是老友；他最早的詩，是我為他發表於我編的《現代》月刊上的，由此成名。解放後，特別是寫了一篇〈哥德巴赫猜想〉（刊於《人民日報》），由此大名鼎鼎，然由此而自高自大，不認老朋友了。去年，回南潯時來我處，小座即去，與他相對無言，我們已談不攏了！」又說，「聽說他續弦後，伉儷不合，鬧了離婚，新夫人把他的錢都刮光了，以致鬱鬱不樂，終至自殺，恐亦當『自負盈虧』了，怪誰呢？……。」

當時的秀州書局第五十三期（一九九七年一月二十日）簡訊上，也轉載了米舒（曹正文）先生一月六日電話說：「馮亦代先生認為徐遲跳樓是狂躁症所致！」並轉載了范泉先生一月十一日從上海的來信：「……徐遲兄孩子徐律、徐延、徐建、徐音正向其父親的朋友徵稿，編成紀念集《送徐遲遠行》（暫名），由上海書店出版社出版。」

與此同時，浙江工人報有一小文撰徐遲之死，爾後陸續由《文匯報》筆會發了周嘉俊和金克木等先生悼徐遲之文稿。我想，對於徐遲之死，應該說「黃昏戀」、「孤獨感」之類的原因，作為事物的觸發點，我總想，對這般已達八十四歲高齡的詩人來說，根本不太可能造成他會去跳樓的。至於施蟄存老的說法，亦不能苟同，金錢對徐遲那樣高齡的人，也已不太那嗎重要了，徐遲先生決不會如伯夷、叔齊那般傻而會「餓死在首陽山」上的，至少他還保留著一份作為高知的退休工資。

至於馮亦代先生說的「是一種狂躁症」。也許徐遲是患有這類似「狂躁症」的病象。無論哪類病，在平時未發展到頑症、絕症時，總有一點跡象在平時會發生過。而在徐遲先生寫與馮亦代的最後的信上，他說於武漢的生活狀態很好，每天專心在電腦上寫文，閒時喝茶讀書，根本沒有這類病症。若從徐遲在《筆會》上最後一文〈我與電腦〉，整篇的字裡行間，也讀不出這跡象。這篇公開發表的文章於他離世時最近，我們從這篇文章看，似乎倒使讀者看到了徐遲先生從未有過的「大膽地說了一些真話」乃或「說了一些牢騷話」的言說。如有興趣，至今還可找來此文一讀。

記得李劼先生有一文〈山頂立和海底行〉，此文正是闡述了生命本源的意義，他說：「從某種終極意義上說，人生具有本然的修煉意味，只是有的人意識到了，有的人沒有意識到。但不管意識到的還是沒有意識到的，人生總不外乎呈現為向上和向下這兩種生命狀態。」因此，我們能不能說徐遲之所以這樣和世界的訣別，是否是生命和藝術，到達頂點之前、在追求美之極至時的一種特殊選擇方式？是不是在結束生命之際，他正是把自已生命之本，獻給了畢生追求的美呢？

抑或我們這些人，對一位純粹的詩人，對他所追求的人生之美的困惑，興許是無法體驗呢。光陰荏苒，再有半月，就是詩人徐遲誕辰九十六周年，特撰此小文，以對我們這位現代派詩人的紀念。

妙詩賞讀

都會的滿月

寫著羅馬字的
I II III IV V VI VII VIII IX X XI XII
代表的十二個星；

繞著一圈齒輪。

夜夜的滿月，立體的平面的機體。
貼在摩天樓的塔上的滿月。
另一座摩天樓低俯下的都會的滿月。

短針一樣的人，
長針一樣的影子，
偶或望一望都會的滿月的表面。

知道了都會的滿月的浮載的哲理，
知道了時刻之分，
明月與燈與鐘兼有了。

戀的透明體

　貯著葡萄的碟子，

貯著水晶樣的葡萄，
一顆地，一顆地，
這一顆是我瞭解你，
那一顆是你瞭解我。
放在桌上，快樂著，
消滅著，複增另著，
這些是戀的透明體。
這兩顆是我瞭解你，
那兩顆是你瞭解我。
眼，也是葡萄；
眼，也是戀的透明體。

歷史與詩

歷史是清道夫掃地的，
他把一堆堆垃圾掃掉，
留下一些不乾不淨的皇帝，

但是我們寫的歷史不是這樣的。

詩像一個洗衣服的婦女，
她把油膩骯髒的都洗掉，
留下了乾乾淨淨的過去，
但是我們寫的詩並不是這樣的。

徐遲簡介

徐遲在冰心家

徐遲（生於一九一四年十月十五日，卒於一九九六年十二月十三日），原名商壽，浙江吳興（今湖州）人。詩人、散文家和評論家。一九八三年加入中國共產黨。二〇世紀三〇年代開始寫詩。抗戰爆發後，曾與戴望舒、葉君健合編《中國作家》（英文版），協助郭沫若編輯《中原》（月刊）。新中國成立後，曾任《人民中國》編輯、《詩刊》副主編、《外國文學研究》主編。抗美援朝戰爭中，他奔赴前方採訪，寫出了許多戰地通訊和特寫。新時期，曾任中國作協理事、湖北省文聯副主席。徐遲在報告文學領域作出了突出貢獻。代表作有《哥德巴赫猜想》《地質之光》、《祁連山下》、《生命之樹常綠》等。其中，《哥德巴赫猜想》與《地質之光》獲中國優秀報告文學獎。二〇〇二年創立「徐遲報告文學獎」，作為中國報告文學學會的學會獎，專門用於關注和獎勵中國報告文學創作中的優秀作家作品。

主要作品有詩集《二十歲人》、文藝評論集《詩與生活》以及《徐遲散文選集》等。

詩人胡適與《嘗試集》

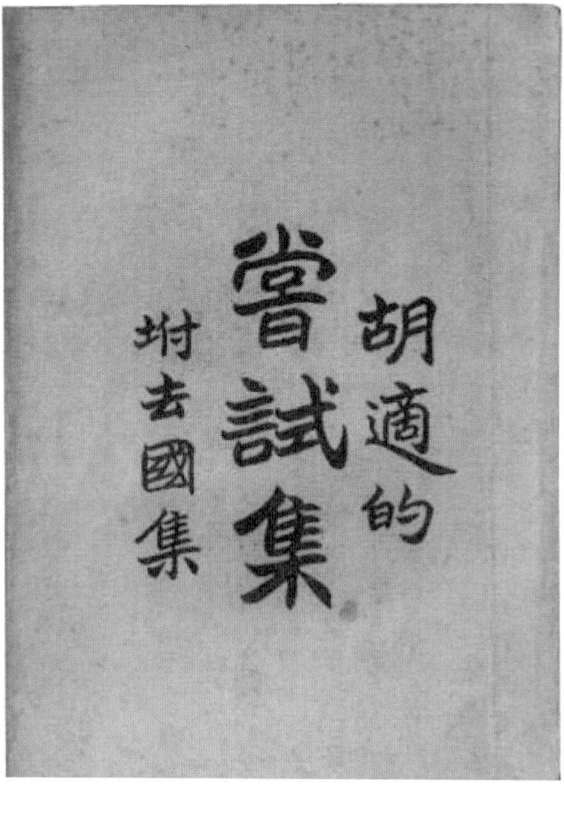

一九二〇年三月亞東圖書館初版

一

八十年代曾有一首臺灣校園民歌〈蘭花草〉，清新優美的旋律配上歌手劉文正醇厚磁性的嗓音，一度風靡一時。多年後，讀胡適的《嘗試集》，才發現〈蘭花草〉的歌詞正來自其中的一首小詩〈希望〉。

民國十年，胡適三十一歲，任北京大學文學院院長，夏日他往西山訪友，友人熊希齡夫婦送他一盆蘭花草，他很是歡喜，將蘭草種在家中，日日悉心照料，可是到秋天始終未見花開。胡適難免惆悵，但仍滿懷樂觀的希望，於是便有了這首小詩。

胡適的詩貫用平白而流暢的白話文，卻以古典詩詞的佈局經營，呈現古今交融之氣象，這首〈希望〉便由三闋五言絕句組成，「我從山中來，帶著蘭花草」，首二句便令人沉浸於幽然古意中，後二句，「種在小園中，希望花開早」則洋溢自然的生活氣息。「一日望三回，望到花時過；急壞看花人，苞也無一個。」，第二闋則勾勒種花人殷切期盼花開的心情，又帶徒勞無果的自嘲，彷彿看到胡適讀書寫作之餘，在窗下顧望的身影。尾闋「眼見秋天到，移花供在家；明年春風回，祝汝滿盆花。」，則一掃第二闋灰黃的色調，奏出飽滿的亮色樂章，也點了詩題〈希望〉。

二

《嘗試集》是胡適的第一本詩集，也是唯一的一本詩集，是中國新詩的開山啟蒙之作。初版於一九二〇年三月，由上海亞樂圖書館出版，一九二二年十月增訂四版，一九二七年〈希望〉一詩未收入初版，便在第四版中收入。《嘗試集》出版兩年，印數就達一萬多冊，自一九二〇年至一九二七年又再版九次，其流傳之廣，影響之深，奠定了其在新詩史上的經典地位。每次再版胡適皆對所收詩作進行增刪和修改，且並非他一人之功，可以說凝聚了新文學運動同人們的心血。

胡適在再版序言中寫道：「刪詩的事，起於民國九年的年底。當時我自已刪了一遍。把刪剩的本子，送給任叔永陳莎菲，請他們再刪一遍。後來又送給魯迅先生刪一遍。那時周作人先生病在醫院裡，他也替我刪一遍。後來俞平伯來北京，我又請他刪一遍。他們刪過之後，我自已又仔細看了好幾遍，又刪去了幾首，同時卻也保留了一兩首他們主張刪去的。例如《江上》，魯迅與平伯都主張刪，我因為當時的印象太深了，捨不得刪去。又如《禮》一首（初版再版皆無，）魯迅主張刪去，我因為這詩雖是發議論，卻不是抽象的發議論，所以把他保留了。有時候，我們也有很不同的見解。例如《看花》一首，康白情寫信來，說此詩很好，平伯也說他可存；但我對於此詩，始終不滿意，故再版時，刪去了兩句，四版時竟全刪了。」

周作人當時因肋膜炎入院，午後起高熱，晚間幾乎昏沉，他「十分的不舒服，但是說也奇怪，這種精神狀態卻似乎於做詩頗相宜，在疾苦的呻吟之中，感情特別銳敏，容易發生詩思」，於是這期間周作人做了不少新詩，包括〈過去的生命〉、〈中國人的悲哀〉、〈歧路〉、〈蒼蠅〉和兩首〈小孩〉，皆由探病的魯迅筆錄。周作人更自謂「我新詩本不多做，但在詩集裡重要的幾篇差不多是這時候所作」。由胡適的序言可見，那時周作人不但自己詩興大發，還幫胡適挑詩以編入《嘗試集》。

而魯迅當時在北京大學和北京師範大學兼課，兩年前與胡適因錢玄同而相識，遂開始為《新青年》撰文，這期間兩人在關於整理《國故》和《新青年》的走向問題上，多有書信來往。然魯迅對於新詩，只做過零散的幾首，發表於一九一八年《新青年》的〈夢〉、〈愛之神〉、〈桃花〉、〈他們的花園〉、〈人與時〉；一九一九年四月發表於《新青年》的〈他〉。正如魯迅自己所言，「我其實是不喜歡做新詩的——但也不喜歡做古詩——只因為那時詩壇寂寞，所以打敲邊鼓，湊此熱鬧；待到稱為詩人的一出現，就洗手不作了。」為胡適的《嘗試集》刪詩編定也算是打敲邊鼓之舉。

查魯迅和周作人當時的日記，均未有刪詩的記錄，而胡適則鄭重其事地將其寫進《嘗試集》的序言之中，可見胡適與周氏兄弟相識不久，但已引入文學道路上的同好和知已，之後胡適在日記中也寫到，「周氏兄弟最可愛，他們的天才都很高。豫才（魯迅）兼有鑒賞力和創作力，而啟明（周作人）的鑒賞力雖佳，創作力較少。」

那是新詩初吐嫩芽的時代，這些新文學運動的志士們，每個人都沉浸在用一種全新的語言作詩地快樂之中。想到後來胡適與魯迅的結怨分道，想到周作人與魯迅的兄弟反目疏離，似乎在詩的王國中，只有薔薇色的純真空氣，沒有了主義之爭，沒有了政治立場，沒有了誤會糾葛。若能得知魯迅當時刪了哪些詩，周作人又刪了哪些詩，還有俞平伯又覺得哪些詩該捨棄，便可一窺各人在新詩創作上的興趣偏好。再若能集齊這九個版本的《嘗試集》，逐一對比所收錄詩作的變化，也許能發現有趣的端倪。

三

《嘗試集》共三編，並附錄的《去國集》。《去國集》編定於一九一六年，其時胡適尚未回國，還在哥倫比亞大學求學，在序言中胡適寫道，「胡適既已自誓將致力於其所謂『活文學』學，有刪定其六年以來所為文言之詩詞，寫而存之，遂成此集。名之曰去國，斷自庚戌也。昔者譚嗣同自名其詩文集曰『三十以前舊學第幾種』。今餘此集，亦可謂之六年以來所作『死文學』之一種耳。」

序言作於一九一六年的七月，而一個月後，胡適在給任叔永的信中寫道，「我自信頗能用白話作散文，但尚未能用之於韻文；私心頗欲以數年之力，實地練習之。倘數年之後，竟能用文言白話作文作詩，無不隨心所欲，豈非一大快事？我此時練習白話韻文，頗似新辟一文學殖民地。可惜須單身匹馬而往，不能多得同志結伴同行。然吾去志已決。公等假我數年之期。倘此新國盡是沙磧不毛之地，則我或終歸老於『文言詩國』亦未可知；倘幸而有成，則辟除荊棘之後，當開放門戶，迎公等同來蒞止耳！」

這足見當年胡適寫新詩時的孤單與勇氣，也可看出當時能從舊詩營壘中走出來寫新詩的人是那麼少，而且當時反對做新詩的人又那麼多。我國早期白話新詩，確被視作洪水猛獸，寫新詩的人還會受到劇烈的圍攻。正因為少有人嘗試，他卻認為必須先嘗試。的確，中國之舊詩經過黃金時期的唐代到了宋人已無新可翻，以致開始用詞代詩，至元代戲曲發達，而到了明代，前後七子作詩文，似乎總少了些詩的精神與神韻。直至清代，詩雖有一定的起色，特別是到了清末黃遵憲、康有為等人感受了西洋文化之衝撞，詩的意境、聲律能夠別開生面，但終究未能取得突破性的進展。由於社會生活之變革，人民大眾的需要，如真要表現民族與大眾的心聲、抒露現代的思想感情，詩，確已到了非另辟它徑不可。於是，創造新詩的意識，早醞釀於有識者之胸中，一俟機會到來，便自會有所創造。

《嘗試集》所收詩集最早做於民國四年，即一九一五年，這時胡適剛由康奈爾大學轉至哥倫比亞大學哲學系，師從杜威教授。《嘗試集》共三編：第一期為刷洗過的舊詩，其中〈蝴蝶〉、〈他〉為例外。其中〈贈朱經農〉、〈黃克強先生哀辭〉為七言歌行；〈中秋〉為七言絕；〈江上〉、〈十二月五日夜月〉、〈病中得冬秀書〉、〈赫貞旦答叔永〉、〈景不徙篇〉、〈朋友篇〉、〈文學篇〉，皆為五言絕或五言古。詞如〈沁園春〉、〈生查子〉、〈百字令〉，不過改字句為白話而已，形式則沿用舊調，毫無更改。第二期為自由變化的詞調時期，這時期的詩雖然打破了五言七言的整齊句法，雖然改成長短不整齊的句子；但是初做的幾首如〈一念〉、〈鴿子〉、〈新婚雜詩〉、〈四月二十五夜〉，都還脫不了詞曲的氣味與音節，惟〈老鴉〉與〈老洛伯〉例外。第三期為純粹的新體〈關不住了〉那一首譯品，胡適自命為新詩成立的新紀念。〈應該〉、〈你莫忘記〉、〈威權〉、〈樂觀〉、〈上山〉、〈周歲〉、〈一顆遭劫的星〉，這幾首詩，就自由而自然了，胡適認為可算得是他自己新詩進化的最高一步。

四

《嘗試集》作為當時二十年代產生的詩，其語言特點簡易明瞭，如蘇雪林所說的：「這樣的詩如『一股寒泉，清沁心脾，其詩亦天然近於白居易。』」有人評說胡適的《嘗試集》：「他但求其不失真，但求能達其狀物寫意之目的，即是功夫。」

的確，胡適不惜以損失白話的文學性來求其「真」，雖然他那時寫的詩，從今天看來並非有高水淮，但在當時對於能衝破舊襲、帶頭寫新詩，可謂功不可沒。胡適在答錢玄同《什麼是文學》時說：「……文學有三個要件，第一要明白清楚，第二要有力能動人，第三要美。」

這些對作文的理念，胡適無論在《嘗試集》抑或在《嘗試後集》中，他確步步在嘗試與身體力行著。如《晨星篇——送叔永莎菲到南京》其最末一段有：「在這欲去未去的夜色裡／努力造幾顆小晨星／雖沒有多大的光明／也使那早行的人高興。」

這顯然比他的〈小花〉、〈老鴉〉、〈小詩〉等在藝術表現上更含蓄，在意境上也更深遠一些。

胡適是個實驗主義者，一切不合科學精神之物他均持反對態度，他又是個充滿哲思的詩人，他曾嘗試過寫哲理的詩，胡適後來似乎也覺悟這種哲理詩不容易做得好，所以每有哲學思想，必用具體方法表現出來，如〈一顆星兒〉、〈威權〉、〈小詩〉、〈樂觀〉、〈上山〉、〈一顆遭劫的星〉、〈藝術〉、〈夢與詩〉、〈希望〉，結果當然比以前的哲理詩進步多了。對於這方四後拳詩的深入探索，在中國詩壇，胡適是發起人，故邵旬美有一段論點，他認為「胡適之等雖然提倡了用白話寫文章寫詩，但他們的成就是文化上的。在文學上，他們不過是盡了提示的責任。他們除了把文言文譯成白話以外，並沒有給我們看過一些新技巧。這番工作到了徐志摩手裡，才有了一些眉目，可惜他自己也是詩人，於是這些新技巧便變了他自己的裝飾，而不容易叫大家公開地享受。聞一多是一位詩藝的學者，但他介紹的外國技巧都偏重在形式方面。柳無忌、朱湘等也曾大規模地把外國詩的形式介紹到中國來，但因為是十足的模仿，於是被人譏為西洋的鐐銬。孫大雨是從外國帶了另一種新技巧來的人，〈自己的寫照〉在《詩刊》登載出來後，一時便來了許多青年詩人的仿製。不久戴望舒又有他巧妙的表現，立刻成了一種風氣。……新詩已不再是由文言詩譯成的白話詩，新詩已不再是分行寫的散文。……每一個時代有每一個時代的韻節，每一個時代又總有新詩去表現這種新的韻節。而表現這種新的韻節便是孫大雨、卞之琳等最大的成就；前者捉住了機械文明的複雜，後者看透了精神文化的寂寞。他們確定了每一個字的顏色與分量，他們發現了每一句斷的時間與距離。他們把這一個時代的相貌與聲音收在詩裡，同時又有活潑的生命會跟著宇宙一同滋長。」他說，這種技巧是胡適之等所不能瞭解的，因為新詩人已然達到了詩的最特殊的境界，盡有豐富的常識，還是不容易去理會。這論術當年的新詩發展，確有別人未達的高見。

當然，胡適詩也有自已的特點，可能別人沒有。比如〈樂觀〉便是用具體的方法來寫哲理的詩：

> 這株大樹很可惡，／他礙著我的路！／來！快把他砍倒了，／把樹根也掘去，／哈哈！好了／大樹被砍做柴燒，／樹根不久也爛完了。／砍樹的人很得意，／　他覺得很平安了。　接下去胡適在詩的最後卻揭示了一個哲理：
>
> 但是那樹還有許多種子！／很小的種子，／裹在有刺的殼兒裡！／上面蓋著枯葉，／葉上堆著白雪，／很小的東西，誰也不注意……。

我想，人們常說：歷史不能重複，這句話話也同樣適用於那詩的國度裡的，在今天的一代代年輕的愛詩者心中，已不可能有人去重複胡適所嘗試的詩了。但是，我認為對於今日的年輕愛詩者們，繼承胡適的「嘗試」精神，在今日詩的國度裡，永遠去嘗試、去開墾一種新的天地，顯然是必要的，特別在今天，詩，猶如一池殘荷，在日越走下坡路的，在一天天地凋謝著的可鄰時代⋯⋯。

但是，胡適不但是一個詩人，他在更多的學術領域，作出了許多別人不能代替的工作。他曾因提倡文學改良，而成為新文化運動的領袖之一。他是第一位提倡白話文、新詩的學者，致力於推翻二千多年的文言文，雖與陳獨秀政見不合，但與陳獨秀，同為五四運動的軸心人物，對中國近代史產生了較為深遠的影響。當然，胡適在二〇世紀五十年代至七十年的「極左」時期的中國大陸，是個受到官方批判的人物，尤其是「極左」學者的攻擊對象，其時的中國大陸的教材，曾一度否定他的學術思想；五〇年代初，曾對胡適展開大規模的批判運動。「文革」結束後，近幾十年來的研究，都傾向於肯定他應有的歷史地位；並且，胡適的〈我的母親〉一文，也被選入大陸全日制語文教育初中課本；在大陸的報刊雜誌中，亦屢見有追念胡適先生精神的文章。這就像大自然的一切現象，當扭曲一過時期後，仍會自然走到他原有的軌道上去。

胡適先生，興趣廣泛，著述豐富，在文學、哲學、史學、考據學、教育學、倫理學、紅學等諸多領域都有深入的研究。著有《中國舊小說考證》《白話文學史》《胡適文存》《嘗試集》《中國哲學史大綱》等書。所以從某種程度來談，胡適已成為中國文學藝術的一個流派。這是從五四時代到來後所形成。這也正如羅曼・羅蘭在談到自己創作的體驗時曾說過一段話，他說：

「一切能永存的藝術作品，是用時代的本質鑄成的。藝術從來不是獨自一人進行創作。他在創作中反映他的同時代人的心情，整整一代人的痛苦、熱情和夢想。」—（《母與子》）同時黑格爾，在《美學》第一卷裡也曾說：「單靠存心要創作的意願也召喚不出靈感來。……他也決不會單憑這種意願，就可以抓住一個美好的意思或產生一部有價值的作品。」如若把這兩段話，聯繫起來理解，我們可以知道「胡適流派」，和我們偉大的文學家魯迅一樣，他們的文學、藝術、思想上的一些成就，正是中國災難深重的時代投影和尖銳複雜的社會矛盾，通過了一如像胡適、魯迅、巴金等人的獨特的人生閱歷、博大的人格襟懷和高深的藝術造詣所成就，並為我們民族留下了寶貴遺產。在這裡，我只是通過胡適的一本詩集，來闡述這個意思。興許我們從胡適先生所留下的一些詩句中，學到並悟到某些有益的思想種子。

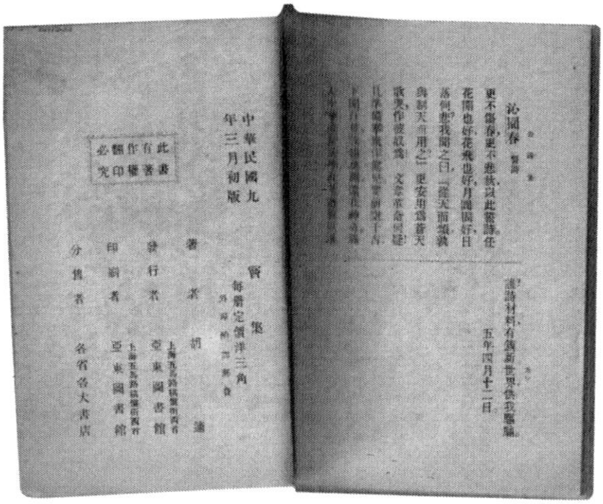

嘗試集版權頁

妙詩賞讀

寄給在北平的一個朋友

藏暉先生昨夜作一夢，
夢見苦雨奄中吃茶的老僧，
忽然放下茶鐘出門去，
飄蕭醫仗天南行。
天南萬里豈不大辛苦？
只為智者識得重與輕。——
醒來我自披衣開窗坐，
誰人知我此時一點相思情！

無題

電報尾上他加了一個字，

我看了百分高興。
樹枝都像在跟著我發瘋。
凍風吹來，我也不覺冷。
風呵，你儘管吹！
枯葉呵，你飛一個痛快！
我要細細的想想他，
因為他那個字是「愛」！

秘魔崖月夜

依舊是月圓時，
依舊是空山，靜夜；
我獨自月下歸來，——
這淒涼如何能解！

翠微山上的一陣松濤
驚破了空山的寂靜。
山風吹亂的窗紙上的松痕，

吹不散我心頭的人影。

從紐約省會（Albany）回紐約市

四百里的赫貞江，
從容的流下紐約灣，
恰像我的少年歲月，
一去了永不回還。

這江上曾有我的詩，
我的夢，我的工作，我的愛。
毀滅了的似綠水長流。
留住了的似青山還在。

胡適簡介

胡適（生於一八九一年十二月十七日，卒於一九六二年二月二十四日）原名嗣穈，學名洪騂，字適之，筆名天風，藏暉，徽州績溪人。曾任北京大學校長、臺灣中央研究院院長、中華民國駐美大使等職。

胡適因提倡文學改良而成為新文化運動的領袖之一，是第一位提倡白話文、新詩的學者，致力於推翻二千多年的文言文，雖與陳獨秀政見不合，但與其同為五四運動的軸心人物，對中國近代史產生了較為深遠的影響。一九一七年一月，胡適任北京大學教授，加入《新青年》編輯部，撰文反對封建主義，宣傳個性自由、民主和科學，積極提倡「文學改良」和白話文學，成為當時新文化運動的重要人物。同年，胡適在《新青年》上發表〈文學改良芻議〉，主張以白話文代替文言文，所寫的《嘗試集》是中國第一部白話詩集。且提出寫文章「不作無病之呻吟」，「須言之有物」等主張，為新文學形式作出初步設想。

胡適在閱讀中

胡適興趣廣泛，著述豐富，在文學、哲學、史學、考據學、教育學、倫理學、紅學等諸多領域都有深入的研究。著作主要有《中國舊小說考證》、《白話文學史》、《胡適文存》、詩集《嘗試集》、《中國哲學史大綱》等書。

盧冀野與《綠簾》

一九三〇年開明書店初版（豐子愷畫）

一

盧冀野的《綠簾》，集中的詩，一首首都很美。讀之很自然，不乏情趣悠然，似在讀他的詞，敲打出的曲，也一如在古瑟旁，聽到了動人心弦的音節，律動的神韻。「《綠簾》收詩十一首，篇首有自序，子愷插圖兩幅。另，《綠簾》那小刊本的詩集，也是豐先生所畫所書。你看，一張綠色的竹簾下，放著江南人喜喝茶的一把紫砂茶壺，一隻小杯，對面有一隻小貓，正窺視著綠簾下的主人在飲茶。但畫面上卻不見人影，僅有兩隻燕子在飛動，無不充溢了江南清明穀雨時節，新茶上市，喝茶人的一分悠閒情狀。（見豐未刊畫）

冀野工舊詩詞，所作新詩受詞曲影響很深，有時幾不可辨，而且他本來就是一個主張「舊瓶裝新酒」的人。」

《綠簾》這冊詩集，是一九三〇年五月由開明書店初版，實價大洋二角（外部酌加寄費），印刷是由當年上海美成印刷所承印。版權頁上有盧冀野的一小方紅色印章（上部）。至今我難於辨認那方章上所鐫之字是「冀野」還是「盧前」。版權頁上在左下，發行所地址邊，有長七公分寬二公分的一長紙條，上書「同業公議照碼加一」八字，邊還印上小花文飾，是另黏帖上去的。當年開明書店，此書發行所，是在上海四馬路望平街東口。在北平、廣州等地，也設分所。北平是在楊梅竹斜街。廣州發行分所在惠愛東路上。想來這些有關書的資訊，是八十多年前的出版史，也是一本書的附加物，是後人頗值研究的書的歷史。

《綠簾》是四十八開本，是十六點五乘十點五，狹長小巧的一冊在手，讀者閱讀是那麼方便。全書僅五十四頁，毛邊本。內收有盧冀東野於一九二六年至一九二九年所寫之詩。其實小本書，上世紀二三十年代，曾風行一時。當時出版這類書的，除創造社、商務、中華以外，開明亦競出多種，巴金譯著，初版多屬小本，但非精裝。如今大開本出多了，又返哺小開本了。

惜當年此毛邊本小詩集，現世面上已很少見，現今讀者，難能捧得而讀，否則讓人讀了真可悠哉養心，特別在如今之崇尚物輕精神的浮躁的社會。

再讀盧冀野的自序，確令人饒有趣味。盧詩人說：「一九二六年，滿腦子的苦悶實在有些關不住了，偶然吶喊出來；在我不過如雞啼曉蠶吐絲一般，求個痛快罷了。而好事的朋友，鈔去在報端披露，於是又引出一番小小的風波。讀者，我這一卷《綠簾》，原是如綠簾一樣的隔著，何必作穿簾燕子，穿破了我的心呢！好在窗中景物，早已綠透了簾兒顏色，你只認取這般顏色足矣！」

「關於詩形，我還有一點要說的，就是這仍然是我的嘗試。在我的意識裡，究竟新體能替代了舊體沒有？新體詩已達到了成熟期沒有？像這一樣是不是一條可通的路？都還在疑問中。我只知這樣寫出，我只為我寫了這麼一卷東西，其他非所顧及。見仁見智，讀者自便。」

他還說道，「聞一多兄，他最愛好〈綠簾無語望黃花〉一首；厲小通兄，卻愛〈兩不忘〉、

〈簾的月〉；而洪為法兄卻愛〈一眼〉一類的詩。還有林振鏞兄，他從報上鈔了一些下來，常時高聲朗誦起來。這卻使我有趣而覺得慚愧。然各人有各人的眼光，也於此可知。……」

盧詩人，畢竟是個江南才子型的戲曲大家，序末，還說了這般幽默的話，告示讀者：「現在，在此暫告一結束。《綠簾》，你去罷！你再去掛到人間。（一九二九年，端陽節編後書）

這是一個學者、才子型詩人，多麼有幽趣的告讀者書。似乎是莎士比亞在當年劇院裡，演戲時的一番開場白，乃或一場戲下幕時的結束辭語。也似乎讓我們猶坐在戲場上，看到了這一幅「簾子」，幕人拿進掛出的動作。

既然，中國現代大詩人聞一多喜歡盧詩，那麼，就讓我們一讀當年聞一多喜歡的那首〈綠簾無語望黃花〉的詩吧：（詩分三段）

綠簾卷不盡的西風，黃花已不是當日的風光，似這般陰森森愁人天氣，我抵著牙兒靠著窗櫺想：彷彿那遼遠曠闊的荒原，衰草的一個孤寂的迷羊；飲泣在途窮日暮當兒，認還有這一段思量！彷彿是一面廢棄的琵琶，縱然覺得有無限淒涼；一片說不出的心腸，誰還來把你的弦兒彈得響？

綠簾卷不盡的西風，黃花已不是當日的苗條。吻著這多愁多病的敗葉，悵望我芳年的心情迢迢。好像個勇冠三軍的項羽，垂頭喪氣行到了烏江道；空灑一掬末路英雄淚，終竟是貽得劉家笑！好像個萬里長征的蔡琰，腥風羶雨指望歸來早；怎知道暗裡紅顏老，終竟譜出冷蕭蕭的傷心調！

綠簾卷不盡的西風，黃花已不是當日的馨芬。可憐捧著一顆脆弱的心兒，茫茫地送了珍惜的青春。恍惚才低吟著蘭田日暖，沒來由早已是淚雨紛紛；漫說道什麼如煙如夢，怎樣把往事從頭問？恍惚又聽得了高山流水，無端重提起新愁舊恨；難道是蒼天生了我，消受一剎那溫存都沒有份！

真的，讀著這些詩，我似乎忘了春、忘了夏、忘了秋、也忘了冬。因為，詩人為我們寫下的，幾乎每一句都是好詩，點上了每一個妙韻，描上了各種繽紛美妙的色彩。「當日的風光」「當日的苗條」「當日的馨芬」——「誰還來把你的弦兒彈得響？」——「終竟譜出冷蕭蕭的傷心調！」——「消受一剎那溫存都沒有份！」似說出了「天下英雄聊種菜，山中高士愛鋤瓜；天心我卻如雲懶，偶爾栽花偶看花」的那種無可奈何的心情。詩中還把劉項的歷史，蔡琰的曆放入了詩中，從貌似愁澹可憐的心中，無不讓人窺到了一個江南才子詩人的「英雄失路，托足無門」的哀悲。

畢竟是詩詞大家，他用斷斷續續的音調，把人間酸甜苦辣的事兒與感情，借一「綠簾」（一個道具）表現得淋璃盡致。

我想，雖也寫出了動人的詩詞曲大家的盧詩人，是否同樣處在「窮途竟何世？余事作詩人」那幾千年一個模式的境地呢？可國運早已不同，至少時代有了差異，他不可能、也沒條件，可去購築一個「人境廬」，也不可能去做黃遵憲，雖然未竟之業，是一脈相承的。但盧詩人這樣的天才，四十多歲便去世了，確是人間的一個悲哀，也似乎延續了「尺書重展涕沾巾，豈獨詞場少一人？」

「恍惚又聽得了高山流水，無端重提起新愁舊恨；難道是蒼天生了我，消受一剎那溫存都沒有份！」但詩人留下的詩詞曲，留下的點滴筆記文史論稿，還能聽到高山流水消受的一份溫存！

二

盧冀野原名盧正紳，後自己改名為盧前。一九〇五年三月，他出生於南京城南望鶴崗一書香世家，家學淵源，國學功底很好。中學就讀於南京高師附中。後以「特別生」的名義，破格錄取進東南大學文科，一九二七年三月正式畢業。盧前是曲學大家吳梅先生的得意門生，年輕時就受聘於金陵、暨南、中央等高等學府講學，對文學、戲劇以及詩學等都有精深的研究。三十多歲時，就以江南才子著稱。

盧前曾與任半塘、唐圭璋、錢南揚、王季思同門，與梁實秋、張恨水、老舍、張友鸞為友，學術文藝亦不遜於同輩，而其名長期不顯，主要是他參與的社會政治活動，一直屬於國民黨陣營。南京易幟時，他沒有隨著去臺灣，又沒有為新政權所接納，一下子成了落魄文人，靠寫章回小說在報刊連載，勉強度日，生活和精神的壓力都很大，不久即因病辭世。可惜天不假年，四十六歲在南京仙逝，文壇朋輩無不扼腕。

半個多世紀過去，他已漸為人淡忘。中華書局出版他的作品，其老友張充和與楊憲益作序，是對他最好的紀念。但不知是編者的匆忙，抑或篇幅有限，他那曾令讀者叫絕的現代詩，卻未能收進集子。這倒勾起了我的一段不盡之思。

寫此，盧冀野，還有段小故舊，「但就《詞話》部分看，也可看到許多詞壇掌故，如朱彝尊小姨馮壽常（字靜志）的金簪事，李慈銘與鶴老外祖周氏兄弟交惡事。《小三吾亭曲選》選「莫愁湖同盧冀野」一曲，又使憶及解放初期，往疚齋，適盧氏亦在座，後又來了一位劉君（筆名牛馬走），便約幾人同往潔而精菜館，席間談到黨的各項深得民心的政策，劉君有口才，便接上來說：「南人不復反矣。」這話對我印象很深，所以到現在還記著。」（金性堯《詞流百輩消沉盡》）

中華書局出版了兩大本盧冀野文鈔，一本是《盧前文史論稿》，為《冀野文鈔》第二輯。包括《何謂文學》、《酒邊集》、《八股文小史》《民族詩歌論集》。其中《酒邊集》首篇〈四知〉一文裡，他闡明自己的治學態度是：「不忘其本」，「兼收並蓄」，「言必由衷」，「立言有本」。其論「不忘其本」說：「吾人生於域內，稟受如是，舍己從人，不可也。今欲躋中國文學於世界文壇，正應發展固有，以有別於他而自立，庶無削足適履之弊。」

在該集最後一篇〈所望於今日之執筆者〉中，他又特別強調，執筆為文，在為文前，材料必當蓄積，為文後修辭必當推敲。可知盧的文學觀念，是自強而且通達的，其創作或著述的態度，且是嚴肅而嚴謹的。

另一本是《盧前筆記雜鈔》（中華書局二〇〇六年四月版）。是作者《柴室小品》、《丁乙間四記》、《冶城話舊》及《東山瑣輟》四部筆記之合刊本。讀此雜鈔，於民俗學知識有所裨益。如書中說到〈鴉頭考〉曰：「湖南巴陵舊俗，元旦時，婦人以五色絲系烏鴉頸，放飛以蔔吉凶，名為鴉蔔。元旦這天，婦女梳頭，先要為鴉櫛理毛羽」，故「湘楚婦女當時謂女髻為鴉髻」。其後，「把婦女頭髻跟鴉髻結合在一起，鴉頭就是婦女了」（一二七頁）。如：「詩中所謂桐花鳳，他們是叫做翠鳥的」（一一九頁）；「湯麵舊名『水引面』，是始於南齊時代」（二〇二頁）；朝鮮之「『鮮』字該讀作『仙』」（二三二頁）；

「南京有黑市……其為市也，在午夜以後，故曰黑市。黑市之貨物，來源多不明，多有竊盜來此，轉相購受，而以黑市為脫銷之所……此黑市故真市集」（四三五頁）。此類雜鈔，增廣見聞，自有裨益。

說起盧前這位曲學家和詩人，在這裡不得不提一下，其平生有兩件最為欣慰的大事：這就是他的，四參國政，兩渡天山。這裡的「四參國政」是指整個抗戰期間，他連續擔任了四屆國民參政員，結識了一批民國文化教育精英；這裡的「兩渡天山」，便是他於一九四六年六月二十六日至八月二十二日，有近二月的時間，他隨同國民黨元老于右任先生，赴新疆考察五十八天。回來後，他撰寫了兩萬餘字的報告文學《新疆見聞》，還用散曲曲牌〈天淨沙〉，作小令一〇八首，結集為《西域詞紀》。又作散曲套數：〈般涉調耍孩兒〉〈喀什葛爾謁香娘墓寺並序〉〈南呂一枝花〉，〈赴庫爾勒行戈壁中哀棄驢〉，〈大石調青杏子〉，〈瑤池行〉〈雙調新水令〉，〈偕宋蔭國希濂興龍山謁成吉思汗陵用碧山套式〉，〈般涉調耍孩兒〉，〈阿不都拉梯敏上海篇〉五篇。另外，他還饒有興致地作了古體詩《迪化月夜》、《西域雜詩》等十七題三十四首。

「這些作品，為我們今天解讀于右任一行考察新疆，提供了真實可靠而形象的文字依據。作為一位愛國詩人，盧前用大量文學作品記錄了于右任一行考察新疆的全過程，真實再現了當年中國新疆的歷史和政治和社會問題，為我們解讀舊新疆建設新新疆，提供了可貴而有益的文字借鑒。」

在這個冬日裡，啊，一冊《綠簾》的小詩集，兩大卷的盧冀野文鈔，還有那許多曲兒，真的，已夠我在這個冬季裡閱讀消閒了。我想，這也許是二十年裡一個最溫潤的暖冬。

妙詩賞讀

如是篇

你如天將曉時的星辰，

你如碧海深處的鮫人；
我眼中才能認識得你，
不認識你又有誰來問！

你是我沙漠中的綠洲，
你是我迷津裡的蜃樓；
我心上要想忘記掉你，
要忘記掉你如何能彀！

書事

太陽下山去了，
兒在我懷中沉沉地酣睡。
一杯兩杯水酒，
你怎麼喝得這般大醉！
抬眼望望星河，
我們只永遠默默的相對；

兒醒指指新月，
何處吹來了荼蘼香味！

綠簾無語望黃花

綠簾卷不盡的西風，
黃花已不是當日的馨芬。
可憐捧著一顆脆弱的心兒，
茫茫地送了珍惜的青春。
恍惚才低吟著藍田日暖，
沒來由早已是淚雨紛紛；
漫說道什麼如煙如夢，
怎樣把往事從頭問？
恍惚又聽得了高山流水，
無端重提起新愁舊恨；
難道是蒼天生了我，
消受一剎那溫存都沒有份！

豐子愷於一九三〇年為《綠簾》所畫「簾底月」

豐子愷畫盧冀野

盧冀野主要作品

（一）著作：《三弦》（小說，泰東書局）、《春雨》（新詩，開明書店）、《綠簾》（新詩，開明書店）、《紅冰詞集》、《何謂文學》（大東書局）、《酒邊集》（會文堂新記書局）、《中興鼓吹》（獨立出版社）、《南北曲溯源》、《明清戲曲史》（鐘山書店）、《中國戲劇概論》（世界書局）、《中國散曲概論》（大東書局、世界書局）、《南北小令譜》（河南大學）、《詞曲研究》（中華書局）、《廣中原音韻小令定格》（中華書局）、《曲韻舉隅》（中華書局）、《八股文小史》（商務印書館）、《讀曲小識》（商務印書館）、《樂府古辭考》、《唐代歌舞考證》、《短劇論》（稿本）等。

（二）編著：《曲話十種》、《曲話叢鈔》、《元明散曲選》（商務印書館）、《明雜劇選》（商務印書館）、《元清雜劇選》（商務印書館）、《元曲別裁集》（開明書店）、《樂府群珠》（商務印書館）、《論曲絕句》（成都大學）、《樂章選》（福

豐子愷為《綠簾》插畫

建音專）、《唐詩絕句補注》（會文堂新記書局）、《梨園特試樂新聲》（河南大學）、《朝野新聲太平樂府》（商務印書館）、《金陵二名家樂府》（南京通志館）、《曲雅》（開明書店）、《續曲雅》（開明書店）等。

（三）校刻：《元人雜劇全集》（上海雜誌公司）、《戲曲叢刊》（中華書局）、《散曲集叢》（商務印書館）、《飲虹簃所刻曲》、《校印清散曲二十種》（成都大學）、《飲虹樂府》、《飲虹五種》（渭南嚴氏）、《明代婦人散曲集》（中華書局）等。

康白情的《草兒在前集》

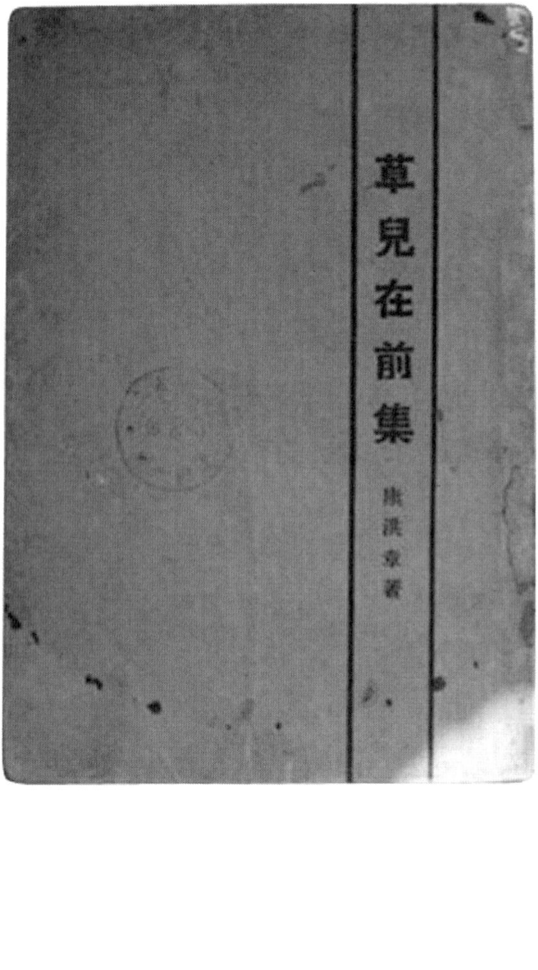

一

作為五四時代的有名詩人康白情（一八九六年～一九五八年），字洪章，四川安嶽縣來鳳鄉人；他是中國白話詩的開拓者之一；畢業於北京大學。雖離開我們已有半個多世紀了。也許，在現代文學史上，恐怕沒有一位詩人，具有他那樣複雜的經歷、跌宕多姿的職業、還有心中那般矛盾的心緒，終成了一個時代的悲劇。

時隔了八十多年，讀著的康白情的詩集《草兒》，（次年再版時改名為《草兒在前集》）詩集共收錄一百一十七首詩，全部作於北大學生時代，僅少部分的詩，作於留學的船途中。其中，雖也有粗糙的詩作，但康白情個人的詩人氣質，在全部詩句的字裡行間，是表現得十分明顯。

我書架上用大信封所裝的，由上海亞東圖書館所印第三版的《草兒》詩集（一九二四年），此集共分為四卷。卷一收詩十一首，卷二收詩十三首，卷三收詩九首，卷四收詩六首。前有序、三版修正序。這二個自序，一是在加利福尼亞大學寫就，一是在三藩市僑次寫的。這其計三十九首詩，如今當一有空閒時，我重新一首首翻讀，還饒有興味，雖時代已早變化。但在這些詩句中，時能讀出當年康白情年輕時在北大時，那一顆激烈跳動著的青春之心。彷佛未名湖畔之翠綠的草地上，還粘有他賓士著的腳步。當重讀時，我甚為驚奇地發現，這書裝幀上之考究，扉頁翻過，還有一張透明的琉璃紙。紙下透射出作者著西裝的頭像。這樣的書裝，可以說在上世紀二十年代之初，是很少見的。

想當年，他的老師輩胡適、李大釗、陳獨秀等在《新青年》年上發表白話詩時，康白情緊隨其後，於一九一八年夏，寫了一組《廬山紀遊三十七首》在報刊上發表，以示響應。是年秋，又與北大同學傅斯年、羅家倫等組織「新潮社」，打出「反對舊文化，提倡新文化」的大旗。還創辦《新潮》月刊與《新青年》遙相呼應，使其成為全國風起雲湧的學生刊物之首。二〇世紀之初，一九一七年的文學革命與一九一九年的「五四」運動後，《新潮文藝叢書》出版了冰心詩集《春水》、魯迅譯作《桃色的雲》、小說集《吶喊》。兩個月後破例再版魯迅的學術力作《中國小學史略》上、下卷。當年，魯迅先生給了《新潮》以最大的支持，供給的稿件最多最好，並兼及設計、校對等方面工作。

一九一八年七月一日，少年中國學會成立，作為中堅骨幹的他，應李大釗之約，康白情與李共同創辦《少年中國》月刊，使其成為新詩運動的重要陣地之一。「少中」的會員包括北大、清華、南京高師、武昌高師、成都高師、長沙師範、日本帝國大學、早稻田大學、巴黎大學、里昂大學、柏林大學、美國哥倫比亞大學、上海復旦大學等校學生。因此，大會後，分別在成都、重慶、上海、南京、濟南、東京、巴黎成立分會，倫敦、紐約亦成立通訊處。

「少年中國學會」中的左翼共產主義知識分子，就有李大釗、鄧中夏、惲代英、毛澤東、黃日葵、張聞天、蔡和森、劉仁靜等。「少中」最盛時會員有一〇七人，都是二十多歲的青年人。「少中」主要成員除曾琦外，文學藝術方面還有我國現代音樂運動的第一個理論家王光祈，詩人、散文家朱自清，哲學家及詩集《流雲》的作者宗白華，哲學家方東美，詩人及散文家易君左，中國話劇運動的先導者之一，後以「謝瑤環」、「海瑞罷官」被文革清算的田漢，三十年代與郭沫若聯合創立「創造社」的鄭伯奇。

作為「少中」會員的康白情，雖不是首腦人物，如王光祈、李璜，但史料上顯示，他似乎是這個團體中，相當活躍的成員。《學鈍室回憶錄》上，有一張當年「少年中國學會」的團體照，康白情坐在首排居中，與左舜生、曾琦、宗白華並肩，儀態軒昂、目光炯炯，眉宇間流露出一種逼人的英氣。

這些曾經跌宕人心的歷史，不禁使人想起：一九一八年九月，經楊昌濟教授介紹，正在北大圖書館當助理員的毛澤東，曾結識過康白情，那一段往事雖早已逝去了，但歷史總記著的。而且今日我們稍一留心，還能讀到當年也同是革命青年的戴季陶，也曾結識過康白情，而且有一封複康白情的信紮，那信題目，就叫《革命，何故？為何？》。那時，他們都帶著一顆年輕的心，共論當時中國社會激烈變化著的形勢。那時康白情為《新潮》，寫了許多風格與眾不同的新詩，還以一個社會活動家的姿態，在《新潮》上發表了一些有膽有識的政論文章。今日我們從這些歷史往事中，不難可以看出，作為那個時代嚮往革命的青年詩人，在他心目中，所懷有的理想天堂，究是什麼？時代的風雲，造就了一些特別活躍的領袖人物，在適逢五四時代的北大學生中，來自四川的康白情，便是其中的一個。他就讀於北大時，他的詩作，已享盛名。而他與早期寫新詩的詩人，如胡適、劉半農、俞平伯、沈尹默等人的不同之處，是他真正在寫現代詩歌，而其他早期的白話詩人，大都只是從舊體詩詞、抑或為了罷脫文字束縛，而轉向白話詩的寫作。

所以，朱自清很直率地評價：當時，能與胡適的詩歌主張「同調」的，只有康白情一人。然而他們之間的詩作。如全面作一比較的話，顯然康白情的詩，在立意上更具創造性，在詩的表現手法上也更刻意求新，從而在詩體創新的道路上，他也比胡適走得更大膽些。這是說與同時代出現的詩人相比較，康的詩具備了圓熟的詩歌氣質和藝術。

康白情一九二〇年寫的《新詩底我見》一文中曾直率地說：「舊詩大體遵格律，拘音韻，講雕琢，尚典雅。新詩反之，自由成章而沒有一定的格律。」這話是否合附中國的新詩，可暫且不論。從我讀到的一些好的新詩，如白采，如盧冀野，他們的詩，從舊詩詞擅變而來，寫得也很動人、同樣能打動讀者之心的。

二

誠然，中國白話詩的真正開端，通常總要提到郭沫若的《女神》，胡適的《嘗試集》。但郭沫若自己卻說：「我第一次看見真的白話詩，是康白情的《送曾琦巴黎》，委實讓我吃了一驚，也喚起了我的膽量……。」

這是當年郭沫若在他《女神》還未問世前，說的一些坦誠的話。這可看出當年康白情寫新詩之品質，以及中國現代詩歌，在五四時期流行的狀況。更令人驚詫的是，胡適在一九二二年到清宮中的拜望溥儀，見這位下臺的小皇帝，竟也在讀著康白情的詩，這使他大為感動，就多方鼓勵。後來溥儀也寫了幾首新詩，學的就是康白情詩歌的風格。

當年，才氣橫溢的康白情，在跨越太平洋的旅程上，情緒激昂，氣吞萬里，寫了許多新詩，而且一改《草兒》前期情詩纏綿之風。在名作〈別少年中國〉裡，詩人康白情，更是語意雙關地詠歎了他對「少年中國學會」乃至整個中國新青年們的澎湃激情，不妨一讀此詩：

> 我樂得登在甲板底尾上，／酬我青春的淚，／對你們辭行：／我底少年中國呀！／願我五六年後回來，／你們更成我理想的中國少年！／我的兄弟姊妹們呀！／願我五六年後回來，／你們更成我理想的中國少年！／我的媽呀！我的婆呀！／願把我青春的淚，／染你們的白髮，／願我五六年後回來，／摩挲你們青春的發呀！

這是一九二〇年，秋風陣陣，天高雲淡，康白情搭乘「Cilina」號離上海赴美國留學。〈別少年中國〉就寫於輪船起航之際。詩情盎然，激情澎湃。打動了多少受五四運動薰陶的中國有志的青年。

到了美國後，他為《草兒》寫序結集。今日，我們讀他寫於加里福尼亞大學的序文，時而能透射出詩人那時心靈中，那淡淡的憂鬱之情，他說他過去寫的詩，是新文化運動裡隨著群眾的呼聲而寫、是時代的產物……。當詩歌結集時，每想到他父親已不能「再承庭訓」，往往就心痛不已。

當時俞平伯是積極鼓勵康把所寫之詩結集的，並為他早早地寫了一個序。但後來並未用上。俞為康白情寫的詩序中，曾說：「我最佩服的是他敢於用勇往的精神，一洗數千年來詩人的頭巾氣，脂粉氣……」可見評價之高。

的確如此，康白情的現代詩，是五四時代，最富創造精神的詩，我們可不說「草兒在前，鞭兒在後」那首觸物比類、宣其性情的著名的《草兒》詩。在這裡我們不妨一讀寫於一九一九年二月九日的小詩〈窗外〉，就可窺他詩作之水準：

> 窗外的明月／緊戀著窗內蜜也似的相思／相思都惱了／她還涎著臉兒在牆上相窺／回頭月也惱了／一抽身兒就沒了／月倒沒有／相思倒覺得捨不得了。

此詩無論從思想，從意境，乃或類比，以及神韻上，都似高人一籌。那時，詩評家馮炳文，更激賞道：「康白情的《草兒》在當時白話新詩壇上，可謂一鳴驚人，……」還說，「康白情的詩是天籟。」

一九一八年《新潮》創刊時，康白情任幹事。那時的《新潮》成為全國風起雲湧的學生刊物之首。康白情又是當年「少年中國學會」的中堅分子。一九一九年五月三日夜，北大學生千人大會，決定第二天遊行示威，爾後，校長蔡元培急召五個學生領袖開會作籌畫，這緊要關頭的「五大領袖」，便是傅斯年，羅家倫，許德珩，段錫明，康白情。「五四」學生運動，得到全國回應之後，康白情率領北京學生代表團赴滬，被當選為全國學生聯合會主席。一九二〇年，五四青年中的佼佼者紛紛出國。但康白情的出國，卻是蔡元培向南洋煙草公司，專門募來的款，後蔡元培親自選出這屆北大畢業生中，幾位最堪造就的人才，赴美留學。當年康白情與段錫朋，羅家倫等人的出國之事，被報刊奉為象徵晚清朝廷派出考察憲政的「五大臣出洋」一樣重要。

我想，喜歡詩的讀者，當你讀完這首詩，想必也會感覺一種詩韻意境，在你心靈蕩漾。不說八十多年前，這詩已一反傳統模式，就是在今天讀來，也依然不落後於現代朦朧詩的模式。胡適認為此詩在精密觀察、表達心理複雜感情，以及表達傳統題材上，都是非常特立獨行的一首詩。表達了「相見時難別亦難」的相思之情。詩僅只有短短八句，卻把豐富複雜的感情，表達得既有層次又富於戲劇性。一九二〇年初，康白情發表了《新詩底我見》詩論，為什麼要創建新詩、關於新詩的特點，他的回答是：「詩是主情的文學」。那嗎，詩情從何來？，他說，「第一是在自然中活動。作詩要靠感性；感性就是詩人底心靈和自然底神祕，互相接觸時，感應而成。」「第二是社會中活動。感情裡最重要的元素……是對於人的同情」。

在這種創作美學思想觀照下，使他寫下了不同於別人的好詩，使早期白話詩，具有了可供欣賞與流傳的價值。讀他一九二〇年四月寫的〈和平的春裡〉幾句詩，我們就更有另一種詩情：

遍江北的野色都綠了。柳也綠了。麥子也綠了。水也綠了。鴨尾巴也綠了。

茅屋蓋上也綠了。窮人底餓眼兒也綠了。和平的春裡遠燃著幾野火。

「這詩構思新穎，意境清新，由江北凝重的遍綠，到柳、麥、水、鴨、人眼的點綠，形象具體，宛若天籟。外界景色碰在他詩情的弦上，彷彿響起了田園交響曲『誰把細箏移玉柱，穿簾燕子雙飛去。』可謂，情景交融，自然天賴。」也說明五四後，康白情對民歌「率性而為、自由表達」情感的肯定，作為一個天才詩人，在民間文化、文學中，發現了個性自由精神和對自我生命的認同。最後的二句詩，說明了什麼呢？詩人當看到如此美的環境裡，他分明在歎謂：儘管莊稼遍江北大地上長得那麼好，得窮人得到了什麼，仍然餓得眼睛也綠了，遠處燃著的依然是幾把野火。他在悵惘之中，可能想得天下的所有窮苦的農民大眾，對此情景，大都數人也只能無可奈何。但詩人的同情意識，被這表面的和平春裡，窮人生命裡的一切可怕後果，上升到了生活在這世上的人的社會公平與人道，這無疑是詩中之詩。如從這個胸度看，連胡適、郭沫若等詩人這是從五四後新詩的一個發展過程而已。

三

康白情的詩集，我在很長的時間裡，才知道《草兒》與《草兒在前集》這兩種版本的同異。社會上只以《草兒》聞名。梁實秋似專寫過有關《草兒、冬夜》評論的專著。其實，康只出過一種詩集。作者只是在《草兒》問世後，在五六個月內，作者便決定把它改編重印。重印本，其中刪去了初版的詩歌二十幾首，同時又加入了新作若干首，原有的舊詩，另刊於《河上集》，原附錄的新詩短論，也刪去了，有些詩字句上略作修改。連初版署名也改為康洪章了。（見三版修正序）

當年《草兒在前集》重版後，梁實秋就評價說：「寫景是《草兒在前集》作者所最擅長，天才所獨到。」梁還認為，康白情這詩集中的〈晚晴〉、〈送客黃浦〉等，均可推為絕唱。其意境超邁，文情並茂。另胡適也評道：「洪章在他的詩集裡曾有兩處宣告他的創作精神。他說：『凡經我做過的都是對的。』我們讀他的詩，也應該用這種眼光。又說，《草兒在前集》在中國文學史上的最大貢獻，在於他的記遊詩。中國舊詩最不適宜做記遊詩……。洪章用新詩體來做記遊詩，是第一次大試驗，這個試驗可算是是大成功了。」還說，「佔《草兒在前集》有八十四頁的〈廬山記遊〉自然是是中國詩史上一件很偉大的作物了。……這裡有行程的紀述，有景色的描繪，有長篇的談話，……。我看自十六至二十三頁，其中紀〈五老峰的探險〉，寫的最為精采，使我們不曾到過廬山的人，心裡怦怦的想去做那種有趣味的事。」（見《讀書雜誌》）從胡適讚譽康白情寫詩的精神看，倒有點兒像近代愛國詩人黃遵憲（一八四八年～一九〇五年）寫詩的精神，黃不僅提出了「我手寫我口，古豈能拘牽」的寫詩主張，並要求表現「古人未有之物，未辟之境」的事；都要勇於實踐，勤奮創作。

的確，康白情是一個理想主義者，激情滿懷，一九二〇年留學美國；是在柏克利加州大學，選修的是「近年社會改造學說」。康白情似難以忘懷自己在社會活動方面的風光。到美國後，他仍然不斷地與在美的「少年中國學會」積極分子，如張聞天、袁同禮等人保持聯繫，關注並探討政治。他也是一個社會活動家，在赴美國途中，經過日本時，還曾與日本共產黨聯絡。

人在美國，更與美國共產黨主動聯繫。但都沒有得到積極的回應，最後還是在三藩市，找到了有中國背景的政治勢力——洪門幫會，成為三藩市洪門致公堂的一員。當時，他想利用該組織，實現自己的政治抱負。實際上，他對這類組織並不陌生，他的家鄉四川安嶽就是「袍哥」的中心之一。他在十一歲就曾「參加」進去。一九二三年七月，康白情拉上加州大學的幾個中國同學，發起組織了一個新的政黨——「新中國黨」。二八歲的康白情，自任「黨魁」，以西方各地的唐人街為重點，著手發展組織，並在上海、北京等地設立黨部，四處拉攏各國留學生入黨，如剛到法國的老鄉李劼人，就曾經被說服加入。一時間，這個以幫會為基礎的「政黨」，居然聲色頗壯。康白情自以為本錢豐厚，拋卻加州大學的學業，於一九二六年以領袖身分，回國「指導」

工作。但康想不到，當一回到本土的中國，卻發生了意外，「致公堂」的經費，忽然停止了供給，這個以華僑社團為基礎的「政黨」，頃刻間就土崩瓦解了。康白情後來自認，這是「平生最痛」的事。此後，在一九三〇年至一九三五年的六年間，康白情浪跡江湖，行蹤詭秘。後來，資助留學經費的上海某紗廠又倒閉了，他不得不中斷學業提前回國。

對於他不僅學業荒廢無成、組織消弭無形，而且失去了昔日老師蔡元培、李大釗等人的信任。在走投無路之下，他曾致書北洋政府段祺瑞，陳述對國事的主張，後深感此事有違己願，便去山東大學任文學教授；以後又輾轉廣州、廈門，在中山大學、廈門大學任教職。

四

當時，國內正處於軍閥混戰時期，康白情既無法回美國繼續學業，又無法投效北閥戰場，靠寫詩作文是難於度日的，古人說「萬言不如一杯水。」詩人也只能回到四川老家去度日。真的我現在想想那樣的詩人，他不有點兒〈棄婦〉的處地與味道。也一如李金髮的詩似的描繪，「長髮披遍我兩眼之前，遂割斷了一切羞惡之疾視與鮮血之急流，枯骨之沉睡。」「不知乘月幾人歸，落月搖情滿江樹！」

康白情回蜀後，先後做了川軍劉湘第二十一軍四師部上校參議，上海蜀豐人參銀耳公司總經理、潾水中學教員，其間也曾醉心於岐黃之術和偶爾遊歷山川，渾渾噩噩地混日子。康白情在川軍劉湘帳下不久，便染上了抽大煙的惡習，身心受損，意志消沉，無法自拔。投此時如此的境況，又在極度的失望與憂鬱中，又染上煙癖，使這樣詩人，無論弄文學，做官，經商，均一事無成。

可是這樣天才的詩人、也可說是當年學成歸國的一位有名學者，回國後卻沒有派得上用處。惜這位被稱為「純粹詩人」，「五四闖將」，空想主義的「黨魁」僅在詩壇這星空中，閃爍了幾年，就流星般地殞落了。也許康白情那時的心情，真猶如他的詩〈疑問〉：「花瓣兒在潭裡，人在鏡裡，她在我的心裡，只愁我在不在她的心裡。」這是他個人的悲哀，還是時代的悲哀。至今沒人能說清？

爾後，一晃就是四十年代末了，新中國解放了，他到廣州華南師範大學中文系任教，而一九五八年反右運動中，又成了右派份子，被退職返鄉。

一九五八年三月，康白情攜夫人黃氏，從上海乘船，溯長江而上至重慶，但因曾患肺癆早已復發，江上數日，年老將息不便，加之政治風雨襲擾，精神抑鬱，心力交瘁，病倒在船艙。雖英俊的臉膛，不免刻上憂鬱和歲月的風霜。當客輪就要進入湖北省巴東港，距三峽不遠了。兩眼不轉睛地盯著船窗，那模糊的起伏的連山，冷漠地往船後走去，他貪婪地聽著隆隆的馬達聲和潺潺的江水聲，讓他不盡地回憶起，那逝去的漫漫人生之旅。

康白情住進巴東港旅舍，服藥已無濟於事。彌留中，他兩眼緊緊盯住窗外那蕭疏的大山……

倏爾間，康白情永遠閉上了那雙睿智而美麗的眼睛，就在那返鄉船的次途中，未進三峽，即病死於湖北巴東。時年六十三歲。

很難設想，一個五四時期，曾叱吒風雲的知識精英，一個天才詩人與社會活動家，就這樣過早地凋謝和結束了他的生命。寫至此，我想誰不為這樣的天才詩人，此生的零落、過早的凋謝，扼腕歎息呢？在此，只能借詩歎之：「人生苦樂皆陳跡，年去年來堪痛惜。聞笛休嗟石季倫，銜杯且效陶彭澤。君不見白浪掀天一葉危，收竿還怕轉船遲。世人無限風波苦，輸與江湖釣叟知。」

殊不知是時代造就，還是詩人的運命本該如此。

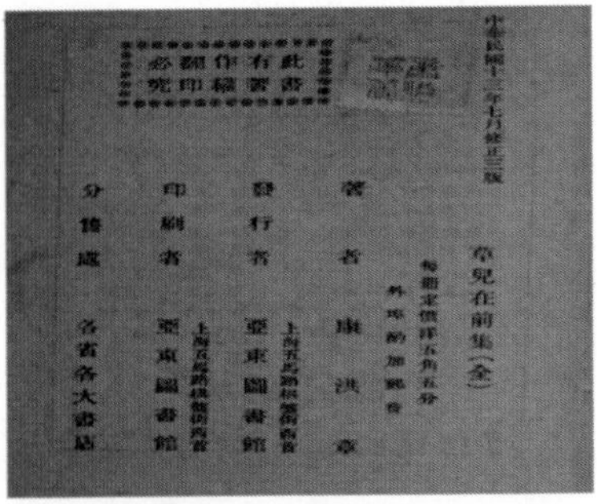
草兒在前集（全）
每冊定價洋五角五分
外埠酌加郵費
此書有著作權 翻印必究
著者 康洪章
發行者 亞東圖書館
印刷者 亞東圖書館
分售處 各省各大書局

版權頁及作者印章

上海亞東圖書館商標

妙詩賞讀

草兒

草兒在前，
鞭兒在後。
那喘吁吁的耕牛，
正擔著犁鳶，
眙著白眼，
帶水拖泥，
在那裡「一東二冬」地走著。
「呼——呼……」
「牛也，你不要歎氣，

快犁快犁，
我把草兒給你。」
「呼——呼……」
「牛也，快犁快犁。
你還要歎氣，
我把鞭兒抽你。」

牛呵！
人呵！
草兒在前，
鞭兒在後。

和平的春裡

遍江北底野色都綠了。
柳也綠了。

麥子也綠了。
水也綠了。
鴨尾巴也綠了。
茅屋蓋上也綠了。
窮人底餓眼兒也綠了
和平的春裡遠燃著幾野火。
一九二〇年四月四日津浦鐵路車上

康白情簡介

詩人康白情

康白情（一八九六年～一九五九年），字鴻章，四川安嶽縣來鳳鄉人；中國白話詩的開拓者之一；畢業於北京大學，一九一八年秋，與傅斯年、羅家倫等人組織「新潮社」，創辦《新潮》月刊；一九一九年，「五四」運動開始，康白情及「新潮社」成員參加了這一運動；並於同年七月召開「少年中國學會」成立大會；同年創辦《少年中國》月刊，由李大釗、康白情負責編印。

一九二〇年留學美國；一九二六年回國在山東大學、中山大學、廈門大學任教，建國後，康白情先後在中山大學、華南大學擔任教授；一九五七年被劃為右派分子，病逝於返鄉途中。

主要著作有詩集《草兒》、《草兒在前集》、《河上集》等。

蔣光赤的《新夢》與《哀中國》

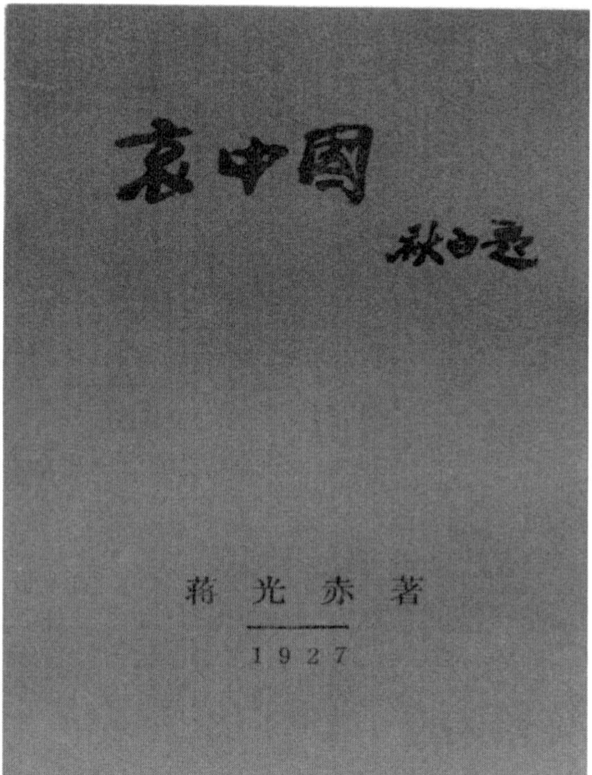

一九二七年漢口長江書店初版

一

提起蔣光赤這個名字，許多讀者，很自然地會想到他的的第一部小說《短褲黨》（上海泰東書局一九二七年版）他曾於二十世紀二十年代前期，曾留學蘇聯，一九二四年回國後，積極宣導革命文學，致力於普羅小說的創作。

蔣光慈（赤）（一九〇一年～一九三一年），安徽霍邱人。他是中國無產階級文學運動最活躍的人物之一。其小說以大革命為背景，反映了工農群眾和青年知識分子的革命鬥爭，常採用「革命加戀愛」的主題，表現歷史轉折關頭，革命青年的苦悶、悲憤和奮起抗爭的精神世界。

現據鄭超麟先生的回憶錄，在《與蔣光赤的交往》中曾說到，一九二七年十一月出版的《短褲黨》，書名便是瞿秋白取的。這部描繪當時上海工人第二次武裝起義的經過，並勾勒出第三次起義勝利圖景的小說，當寫成後，蔣光赤想不出適當的名字，瞿秋白閱過後，小說內容聯繫到法國大革命的sans-cuttes，因而認為命名為《短褲黨》較合適，蔣光赤即以此書名出版。另，作為詩人的蔣光赤，非常有個性，當時在紅色的莫斯科大學學習時，他就是一個反對權威派。

鄭超麟在其回憶中，還說到一件事：「在『莫大』這群中國派來的學生之中，也有反對派，那就是蔣光赤和抱樸。這是另一類型的學生殘留下來的兩個人物。這兩個人情調和其他的人，如此不配稱，是一眼看得出來的。如，當時來蘇的學生，大家都在脫維斯卡耶街第十五號住宿，惟有這兩個人，住在廣場旁邊那個女修道院裡。」

鄭超麟還說：「他聰明，活潑，與那些湖南人不同，與那些浙江人也不同。蔣光赤，是安徽人，抱樸是江蘇無錫人。蔣光赤是惟一的詩人，抱朴是惟一的世界語者，二人俄語都說得好，俄文都學得好，能直接與俄國人交涉，無需要羅覺為代表。每逢開會，他們都有意避不到會。大家見面時，談幾句笑話，此外就不談什麼了。幾個月之後，抱樸就回國，到了符拉迪沃斯托克，還寫信來反對他們（班裡的領導），連帶著也反對共產主義。但他未寫信來時，『旅莫支部』已決議開除他的黨籍了，罪名之一，就是他暗中鼓動兩個紅鬍子反對負責人。而蔣光赤於次年回國前一次會議上，也把他的反對派面目便顯露出來，說誰是忠實的黨員，須待回國內看工作表現。但回國後，蔣光赤並不是好黨員。他起初還在做黨內工作，後來就去做文學家了，雖然是『革命文學家』。」

從蔣光赤早年的這些事，亦可看出就是在革命隊伍中，詩人，是一個有其特殊個性的群體。詩人們的下場，大都比較差，國內外無不如此。英國拜論，俄國普希金、萊蒙托夫，大多如此。

其實，蔣光赤，作為一個革命家，又是一個文學家，又是中國左翼詩歌，乃或是普羅詩派詩人中，最具有代表性的詩人。把守著「革命詩人的誓語」來寫歌頌工農覺醒與力量的詩，並為反抗黑暗，席捲狂飆的農民暴動而高歌，蔣光赤在「普羅」詩派詩人中，是最狂歌的詩人之一。當我們看他的兩部詩集《新夢》和《哀中國》（一九二五年和一九二七年出版），便可窺其一斑。

前者由上海書店出版，後者由當時的漢口長江書店出版。後來兩部詩集略作增刪合為一冊，改題《戰鼓》，署名「蔣光慈」，由上海北新書店印行。《新夢》是蔣光赤在留俄三年中寫的詩，他說：「這本小小的詩集，貢獻於東方的革命青年」。

他在「自序」中說：「我生適值革命怒潮浩蕩之時，一點心靈早燃燒著無涯際的紅火。我願勉力為東亞革命的歌者，」確實如他所說，他三十年的生命，始終如一在為革命而歌。

蔣光赤的主旋律是從列寧及其紅色政權的俄羅斯十月革命中得到啟示，他是永遠在追求一個理想社會而高舉鬥爭性大旗的詩人。令人不由得想起他的《昨夜夢入天國》的詩，他謳歌並渴望一個理想的社會：

「什麼悲哀哪，怨恨哪，鬥爭哪……／在此邦連點影兒也不見。／歡樂就是生活，生活就是歡樂啊！／誰個還知道死、亡、勞、苦是什麼東西呢？」

當今天，重讀這些詩，並回顧歷史走過了八十多年的征塵，讀蔣光赤的《新夢》確是體現了一種超現實、超歷史時空的革命樂觀主義和充滿理想色彩的抒情詩人的胸懷。這些詩，鋒芒畢露，帶有強烈的個人色彩，處處流露了一種理想意識的浪漫。當然，時代是產生詩的重要源泉。

寫於一九二四年十一月二十一日的《哀中國》，充滿了深深的愛國情懷：「我的悲哀的中國！／我的悲哀的中國！／你懷擁著無限美麗的天然，／你形象如何浩大而磅礴！」

這是他對自已祖國的一懷赤子之情。接著他抒發了對一個落後、愚昧的中國的無限悲哀。詩人在詩中痛恨「卑賤的政客」和「惡魔的軍閥」，同情「可憐小百姓的身家性命不值錢！」。

他面對這一片黑暗現實，不禁高呼：「我願跪到那昆侖之高巔／做喚醒同胞迷夢之號呼，／我願傾瀉那東海之洪波，／洗一洗中華民族的懶骨。／我啊！我羞長此沉默以終古！」

這確是蔣光赤為中國的命運放悲歌，為中華民族的不幸而歎息的心聲。但詩人在哀中國的同時又提高信心，長呼起來：「哎喲！我的悲哀的中國啊！／我不相信你，永遠沉淪於浩劫，／我不相信你無重興之一日。／」詩人對未來的中國還是充滿了信心。

但是，蔣光赤許多詩，都是被一種燃燒的政治情感所驅遣而狂呼出來的，幾乎是一種急就詩：如〈血花的爆裂〉一詩，竟用了二十三個「殺」字。這些詩無疑缺乏詩的個性和詩的藝術審美，勢必陷入概念化、公式化，直接演繹或圖解政治，這可能與當時一個年輕人心中積聚的一腔怒火有關。

我們說，從蔣光赤後邊跟上來的一大群當時的普羅詩人們，他們均用年輕的血汗，傾瀉了許多激烈的政治詩歌，如詩人殷夫、馮憲章、浪白等，還有如少懷的〈新時代底展望〉，戴伯暉的〈血光照耀的五月〉，馮乃超的〈民眾喲，民眾！〉、〈流血的紀念日〉等等。當然，那也是一個時代所造就的；從詩人親眼看到的屠殺人民的血腥事實來看，蔣光赤知道人民要生存、要自由「不會是免費的」，在漫長之路上，荊棘叢生，詩人與勇士只有披荊斬棘，才能爭取到自已的果實。

二

中國的普羅詩人，於三十年代初，逐漸沉寂了下去，這有客觀環境的因素，也有詩人主觀上欠缺，而逐漸中落。直至一九三二年中國詩歌會成立。但蔣光赤在年輕生命裡為我們留下的許多詩，確如魯迅所說：「如狂濤，如厲風，舉一切人偽飾陋習，悉以蕩滌……」

今天，我們還能回顧那些熱烈地從心中迸發出的歌：「破壞舊的，新的就昂起了：／打碎鎖環，自由就來到了。／拋去那一切舊的／不中用的、殘惡的／我們的精神就暢快了。」

可以說，從五四以後郭沫若的《女神》到蔣光慈的《新夢》，顯示了現代抒情詩的發展，正在孕育著從思想內容到藝術表現的新突破。蔣光慈的詩集《新夢》，不僅顯示了蔣光慈對世界革命、對社會主義、對祖國和人民強烈摯愛的思想基調，而且也初步展露了其詩歌創作的藝術風格：「感情奔騰，氣勢豪放，深沉的內在節奏和強烈的思想旋律融為成一體，形成了一種富於那個時代精神的感染力量。

香港劉以鬯先生，曾有〈記葉靈鳳〉一文，他曾說，當時香港《四季》有一個計畫，每期撥出一部分篇幅，「介紹三、四十年代文壇上比較被人忽略的作家的作品。」（《四季》第一期頁二十七）葉靈鳳對這個計畫，極表讚同，並同《四季》創辦人建議：「下一期可以介紹蔣光慈。」以此可見蔣光慈作為一個作家，在葉靈鳳心中的份量。

劉以鬯先生還說：

「從一九二八年到一九三一年，出版事業非常蓬勃，王哲甫稱之為『上海的狂飆時期』。」在這個期間，葉靈鳳與蔣光慈，都很活躍。蔣光慈勤於寫作，除編輯《新流月報》與《拓荒者》外，在左翼的刊物經常有新作品發表；葉靈鳳除了寫作外，還編輯《現代小說》與《現代小說彙刊》。那時候，蔣光慈與葉靈鳳，都是普羅文學的重要作家。

比如，葉靈鳳在這個時期出版的重要作品，長篇小說有《窮愁的自傳》（一九三一年），《我的生活》（一九三〇年），《紅的天使》（一九三〇年）；短篇小說集則有《處女的夢》（一九二九年），《鳩綠媚》（一九二八年）與《女媧氏的遺孽》（一九二八年）。

同時期蔣光赤出版的重要作品，便有《沖出雲圍的月亮》（一九三〇年），《麗莎的哀愁》（一九二九年），《最後的微笑》（一九二九年）與《短褲黨》（一九二八年）。

同時，由蔣光慈編輯了《中國新興文學短篇創作選》是「左聯」成立後最先編選出版的左翼革命作家短篇創作的選集，包括《失業以後》與《兩種不同的人類》兩本集子，均由北新書局印行，前者出版於一九三〇年五月，後者出版於一九三〇年八月，共選輯了洪靈菲、馮憲章、華漢、錢杏邨（阿英）、馮乃超、孟超、建南（樓適夷）、戴平萬、顧仲起、劉一夢、鄭伯奇、森堡、，甘茶、黃淺原、黃弱萍等十八位左翼作家的二十篇作品。

與此同時，蔣光慈還編選了《現代中國作家選集》，其中選輯了魯迅、柔石、白莽、馮鏗、王任叔、魏金枝、王潔予、菀爾、許峨等左翼作家以及光慈自己的作品共十九篇，但因為環境的惡劣，延至蔣光慈逝世後，才於一九三二年七月由上海文學社出版。

上述蔣光慈所編的左翼文藝作品選集的問世，當時它所賦有的鮮明的政治色彩、凌厲的戰鬥鋒芒，立即遭到國民黨反動當局的忌恨、敵視、封鎖。關於革命文學如何力爭成為整個無產階級革命事業戰鬥的一翼，蔣光慈在《失業以後》的《前言》中有簡約的申述與說明。（寫於一九三〇年五月四日）

他說：「在艱苦的三年的奮鬥之中，中國的新興階級文藝運動，因著客觀條件的成熟，不但獲得了它的存在權，而且是漸次的把這一運動的基礎植立在被壓迫的大眾之間了。……目前，整個的新興階級文藝運動，是更加活潑起來了。它不但一天一天的與整個的新興階級政治運動很密接的配合起來，更具體的擔負起它的對於新興階級解放運動的鬥爭的任務，而且是通過了僅止『傾向正確』與『意識健全』的要求，走向『情緒的新興階級化』的克服的一階級了。當然，在森嚴的文網之下，在封禁、囚牢乃至殺戮的威脅，是時時刻刻在遭到當局的扼殺。」

這無疑反映了那個時代的社會的真實狀況，也說明了一個新興階級正在欲起的艱巨。

三

一九二八年，蔣光慈參與創辦革命文學團體太陽社，任《太陽月刊》主編。由於他的作品大都展現現實社會重大群眾鬥爭，屢遭國民黨當局查禁，本人也被政府通緝。一九二九年八月，因患肺結核赴日本休養。在東京，組織了太陽社東京支部，與日本左翼作家藏原惟人等探討馬克思主義文藝理論和革命文學問題。同年十一月回滬後，協助田漢開展進步戲劇活動。一九三〇年，當選中國左翼作家聯盟候補委員，負責主編左聯機關刊物《拓荒者》。

但是，他畢竟是一個詩人革命家，對當時黨在「左」傾錯誤統治時期，要左聯成員參與遊行集會等冒險主義行為，十分不滿。認為革命文學作品，將青年們的情緒鼓動起來，引導他們向革命路上走，是一很有意義事。但當時「左」傾錯誤負責人，認為文藝創作算不得工作，到南京路上參加暴動才算是工作。

如此，他經反復考慮後，決定提出退黨。以致於一九三〇年十月，這樣一位激情滿懷的詩人革命家，被開除出了黨。但他依然堅持不懈地為黨的革命事業而奮鬥，抱病從事革命文學的創作。

其實，從現在已經很多披露出來的歷史資料，可以看到，一個詩人、一個小說家，喜歡從事文學活動的早期革命者，乃或無黨派人物，有自由主義色采的作家，他們於革命的高潮或低潮時期，有往右轉之傾向，也有往左的傾向，這在當時並不奇怪。這些人有外力壓制的，但也有非外力壓制的，卻是內心自覺的。這裡有「生命的經歷裡有複雜的體驗。但真要說清其深層的原因，不能不涉及那一代人面覽諸多的社際困境。而在突圍這些困境的時候，立場問題自然會發生。」在這裡不排除有必然性個性的基因問題，更有偶然性的人與人處理關係的問題。而我認為，對於革命詩人蔣光慈來說，他最後的悲劇性意義，正在於他的個性，以及當時中國形勢左傾的方向，以及作為一個從「五四」走來的詩人的不屈不撓的個性有關。

一九三〇年十月二十日，黨的《紅旗日報》即發表了「蔣光慈是反革命，被開除黨籍」的消息。除了其不願服從紀律、參加組織生活之外，其中一項指責，就是他貪圖版稅，喪失立場，靠著豐厚的稿費過著資產階級的生活方式。（《紅旗日報》是第二次國內革命戰爭時期中國共產黨中央委員會的機關報。一九三〇年八月十五日在上海創刊，由《紅旗》三日刊和《上海報》合併而成。）此報發刊詞中說「報紙是一種階級鬥爭的工具」，在中國首次提出了這一觀點。

當時，蔣雖已被開除出黨，但仍有創作激情，作為一個詩人類型激情奔放的作家，一九三〇年十一月，他的小說《咆哮的土地》脫稿。這是蔣光慈最後的一部作品，也是他在藝術成就上屢遭蔑視與非難之後，文學史上獲得評價最高的一部作品。

正當人們對他的前途充滿樂觀估計時，《咆哮的土地》卻遭到查封。蔣的作品被查禁後，生活變得日益拮据起來。蔣光慈不僅原有肺病，在醫院裡，還查出了腸結核。在當時，腸結核是一種絕症。這個革命文學青年，赤條條地來去、赤條條地去。一九三一年，年僅三十歲的他，終於離開了世界。

其實，他跟任何大的政治、文學勢力無關，只是樸實地表達了一個詩人，對於那個社會的經驗感受。一九五七年，他的家鄉政府追認他為革命烈士。

很可惜與蔣光慈一樣，穆時英（一九一二年～一九四〇年）也很短命，他於一九二九年開始小說創作，翌年發表小說《咱們的世界》、《黑旋風》等；一九三二年出版小說集《南北極》，反映上流社會和下層社會的兩極對立；正當他年輕有為時，他也死於上海，年僅二十八歲。這兩個人都有才氣；後來，葉靈鳳似乎對蔣光慈更加重視。

蔣光赤，是一個青年詩人，他毫不容情地批判舊世界，熱烈呼喚一個新時代的到來，可惜他僅活了三十個春秋，生了肺病，過早離開了這個人世間。

今天我們後人，重讀他的詩文，依然輝映出他的《自題小照》中說的，是一個「革命的詩人，人類的歌童！」我想，後人對魯迅曾說的話還不會太健忘吧。魯迅曾說道：「要牢記中國無產階級革命文學的歷史的第一頁，是同志的鮮血所記錄，永遠在顯示敵人的卑劣的兇暴和啟示我們的不斷的鬥爭。」（《二心集‧中國無產階級革命文學和前驅的血》）身處重壓之下的天才詩人，在迫人窒息的暗夜中，卻用色澤濃烈的彩筆，記錄了時代的風雲，展示了前景的光明，給予讀者以向上的促力和奮發的激勵。

今日重讀蔣光赤等詩人們之詩文，他們的一切作為，正是附合魯迅所要求的，文藝應「是引導國民精神的前途的燈火」，上述作品都可以無愧於這樣的規箴，它們正如暗夜中的炬火，以奪目的光焰和炙人的熱力，吸引、影響、引導了千百萬的青年，去唾棄黑暗、探求光明！但是，蔣光赤，這位詩人、小說家、革命家，僅活了三十歲。他寫過好幾本小說，如《少年飄泊者》、《鴨綠江上》。而於病死前一年，寫的長篇小說《咆哮了的土地》也同樣時間匆匆。正應了同樣是詩人的普希金的一句詩「活得匆忙來不及感受。」

也許，人類社會在不斷的發展之中，社會底層的貧窮，不公與黑暗，永遠需要這樣的詩人和歌童。除非人間換了天地、人們再不需要他們的歌唱。乃或這樣的詩人，撞死在了自已曾經熱烈謳歌的石碑上。

妙詩賞讀

詩人的願望

願我的心血化為狂湧的聖水，
將汙穢的人間洗得淨淨地！
願我的心血化為光明的紅燈，

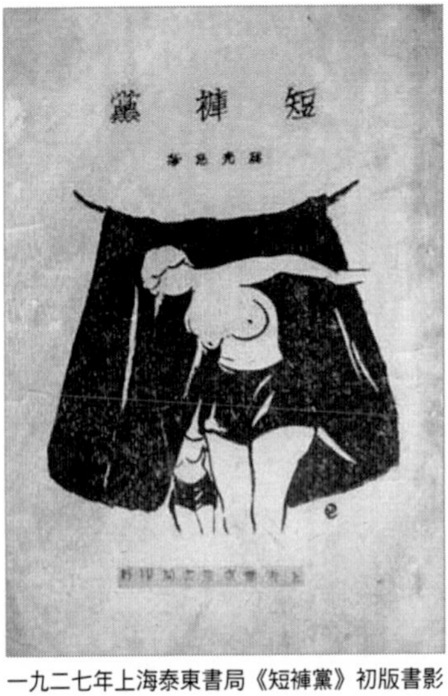

一九二七年上海泰東書局《短褲黨》初版書影

將黑暗的大地照得亮亮地！
願我的鮮豔的心血之花，
香刺得人們的心房透透地！
願我的蕩漾的心血之聲，
飛入了人們的耳鼓深深地！

哀中國（節選）

回思往古不少轟烈事，
中華民族原有反抗力。
卻不料而今全國無聲息！
大家熙熙然甘願為奴隸！
哎喲！我是中國人，
我為中國命運放悲歌，
我為中華民族三歎息。
寒風凜冽啊，吹我衣；
黃花低頭啊，暗無語；

我今枉為一詩人，
不能保國當愧死！
拜倫曾為希臘羞，
我今更為中國泣。
哎喲！我的悲哀的中國啊！
我不相信你永沉淪於浩劫，
我不相信你無重興之一日。

蔣光慈簡介

蔣光慈在上海大學時

蔣光慈：（一九〇一年～一九三一年）原名蔣如恒（儒恒），又名蔣光赤、蔣俠生，字大小俠僧。安徽霍邱（今安徽金寨縣白塔畈鎮）人。民國十年（一九二一）赴蘇聯莫斯科東方大學學習。次年加入中國共產黨，回國後從事文學活動，曾任上海大學教授。一九二五年一月，出版第一部詩集《新夢》。民國十六年（一九二七）與阿英、孟超等人組織「太陽社」，編輯《太陽月刊》、《時代文藝》、《新流》、《拓荒者》等文學雜誌，宣傳革命文學。一九三〇年三月，「左聯」成立時被選為候補常務委員。十一月，長篇小說《咆哮了的土地》完稿，作品反映了一九二七年大革命前後農村中尖銳的階級鬥爭，是作者最成熟的一部作品。不久，因對當時黨內立三路線的「左」傾冒險主義不滿，自動要求退黨。一九三一年四月，肺病加劇。八月三十一日病逝於上海同仁醫院。

其作品主要有：詩集《新夢》、《哀中國》，小說《少年漂泊者》、《野祭》、《沖出雲圍的月亮》，《短褲黨》上海泰東書局一九二七年版。《田野的風》上海湖風書局一九三二年版。《鴨綠江上》上海亞東圖書館一九二八年版，。

朱湄深與《期待》

一九三〇年開明書店初版

一

一個偶然的機緣，在舊書攤發現一本於一九三〇年四月出版的詩集《期待》（上海開明書店版）。攤主很隨意說：「二元錢，你拿回家吧！」這是八十年代末，也相當於今日的十多元錢左右。回家翻讀，被詩集中那些明澈、空靈的詩思，所深深吸引。作者是三十年代曾活躍於詩壇的著名詩人——朱渭深先生。真的，如若說起詩人之大名，大都不知。只知他八十年代評反後，當了一位中學教師。學問很好，書法造詣很深，沒有大筆時僅用了一塊抹布上墨後，就能寫門庭扁額、樓堂館所。當然，也有圈內之人知他古文功底深。我偶聽一位教授談起，他知青下鄉時，朱先生正居鄉間做會計，這青年每天走二三里地，晚上就去聽他談古文、紅樓、地方文獻。使他受益不淺，幾十年後還不時回憶起當時流落他鄉的這位前輩。但不知朱先生還是一位二十世紀詩壇的風雲人物。

翻開一部《現代文學史》，三十年代是我國詩壇最活躍的時刻，一些著名詩人，如郭沫若、徐志摩、汪靜之、戴望舒、聞一多、卞之琳、朱湘、臧克家等都用自已的詩品謳歌出雋永美妙的詩韻。在人類發展的長河中，可謂星漢燦爛，七十年後的今天，我們重讀抑或回顧那時代的詩歌創作，依然感受到那些詩星閃爍。

朱渭深（一九一〇年～一九八七年）以其詩的獨特的表現和創作手法和上述一些重要詩人同

時謳歌那個風起雲湧的時代，他雖生活在小城市，卻與大城市聚居的詩人們，相互呼應，抒出好詩，令我歎喟不已。這位當年僅二十歲的天才詩人，猶如詩壇夜空中的一顆流星，在三十年代前後最短暫時刻中散射了光輝，爾後便被漫長的歲月所湮沒，銷聲匿跡，默默隱去。這難道真應了他早年在一九三二年就寫過的那首詩〈驚異的光痕〉嗎？

神靈的隱遁／長空隕滅了的星辰／在心海的波瀾上／閃過了倏忽的光痕。
遼遠的天海無垠／倒映著夜色沉沉；／那駭異的燦爛／劃破了寂寞的雲層／

而詩人朱湄深的人生命運，也隨歲月向前邁進，他的那些具有詩人的獨立性格，就表現得越發明顯。隨著時代的變遷，他在詩壇上被湮沒後就投入到實際的鬥爭中去。

他早期的詩，曾有趙景琛、張之金、陸冠英寫序作評。曾有人評他之詩：「我彷彿隱隱聽到那似流泉的纏綿低訴，那錦瑟的細碎的哀吟，我又彷彿看見一縷邈長的青煙的淡散……」而詩人自已也說了這樣的話：「詩人是夜鶯，他棲在幽暗中歌唱著，安慰自身的寂寞。（雪萊語）我也許這樣才有了我的詩。」然而，此美景良晨不長。中國很快便陷入了內憂外患，但是，就在短短的時光裡，詩人還是創作了許多好作品奉獻給了讀者。

從二十年代後期至抗日戰爭前夕這十年間，確是朱湄深詩歌和散文創作的主要時期，詩集《期待》和散文集《秋花集》為其代表作。在《期待》中，詩人一方面在幻構一個理想、美好、和諧、寧靜的世界，另一方面，又深深地詛咒著那「化石一般的黑夜」，呼喚「猛擊的暴雨和怒嘯的狂風」，來毀滅「陳舊蕪雜的罪惡的宇宙」。

詩人富有詩意的幻想，同與這種幻想截然不同的現實發生著衝突，他內心世界的美好與平衡，逐漸被打破。正當二十餘歲的朱渭深在文藝之海酣游之時，日本帝國主義發動的全面侵華戰爭，澈底改變了他的人生之旅和創作軌跡。於是他寫下了〈我得仔細地思索一遭〉的冷峻之詩：「你只詛咒你自已些微的苦痛／人間遭劌心的殘酷你竟懵懂／這社會的贅疣喲你可知道／殺氣騰騰的魔鬼到處逍遙／騷擾破壞我們的安寧與和平／用它的鐵蹄踐踏我們的生命／你只顧著自已可知危有覆巢／覆巢下沒有完卵你得記住！」

那時，朱渭深的詩作已改變了原先喜愛優美、清婉的抒情風格。一九三〇年春朱渭深於上海新月書店結識了比他大十三歲的徐志摩。爾後徐志摩對《期待》詩集作了讚譽，說：「《期待》一集，誦讀再三。尤其〈寂靜，我把我的思念毀滅〉一詩最使我喜歡。可貴的是明澈如水的心境，流著這樣和平恬淡的音響。塵俗間難得保留的性靈，這一回叫我給重新觸摸到了。」徐志摩的評價，非但給了朱渭深真實的聲音與鼓勵，也讓這位大於他十多歲的詩人，給了他日後詩人一顆純真的心靈。

「寂靜，我把我的思念毀滅，／當這俏俏的時光，／在這俏俏的道上，／聽，心頭腳下微妙的聲息。／心頭寥廓得像沉碧天穹，／沒有一片白雲……」

「聽，心頭腳下微妙的聲音，／當這悄悄的時光，／在這悄悄的道上，／朋友，，就把你的思念毀滅！」

這詩為何讓當時已成為著名詩人徐志摩的喜歡？我想，別無他術，只有「純真」兩字，可以言之。

詩是心靈化的，美好的詩句都發生在心理的時間內，似乎已經脫離了塵世的時間，在心靈深處走得又那麼遠悠。我想，一個詩人才能感受這些。因為只有詩歌能在寂靜乃或寂寞之中，才能發現最微弱的光、美、溫暖、誠實和愛。所以，詩人竭盡全力，試圖從這寂靜中，感受人的生命和呼吸，感受光、美和那種偉大的溫暖與悲憫；感受心靈飢餓的冷熱與飽暖。

朱湄深為文的清靈純美，執著於情而不屑角逐世俗的志趣，在他詩化了的散文集《秋花集》（一九三四年十一月上海天馬書店出版）中可說有了更充分、更真切的體現。如在《夜鐘》中：「這聲音是熟習的了在它『鐺』的一聲初起，頗有嘹亮的英俊氣概；但那嫋長的餘音，綿延著在寥闊的天空震顫的時候，卻像一縷青煙，輕舒地搖擺著高入雲霄，深入幽谷。我就更愛這餘音！」行文全無人工之痕，有的是清悠、雋遠的韻味。

《秋花集》中的〈祭禮〉、〈我們的母親〉、〈傷痕〉三篇，是分別寫給他的母親、父親、弟弟們的傷悼之詞。這些篇章可與朱自清、俞平伯的散文媲美，應是散文中的珍品，那些洋溢著至親真情的文字，道出了詩人朱湄深誠摯、熱情和悲淒，以及對人生諸多的關愛。這時間他還編著了《中國文學史略》、《中國文學雜論》及《中國詩學大綱》。無論從學養功底，語言的純樸，思想的深邃，在三十年代的文壇上，朱湄深應屬有成就的佼佼者之一。

二

抗戰八年，朱渭深除教書外，大都隨抗日部隊投筆從戎。這一時期由於戰爭的流動，生活的困頓，他寫了許多舊體詩，後結集為《紉秋蘭室詩稿》，集名取自屈原《離騷》「紉秋蘭以為佩」之意。那時他轉戰在蘇浙皖邊區。「志士圖存須執兵，與君攜手赴戎行。安危此日行肩在，誓與中華共死生。」（〈入伍日贈費君〉）是他抗日熱血情懷的真實寫照。像這樣抗日戰爭時感懷興念而作的詩，既是一個時代的寫照，也是一代熱血青年的心聲。

據說，抗戰爆發時，他有親戚在上海某銀行主執，曾聘他去上海執掌金融，那是一個多好的機會，可給他以馳騁滬上文壇提供機會。但他拒絕了，這位堅強的詩人，不願去敵佔區，謳歌那些無聊的東西。他執意要以一介書生，滿腔赤子之心，走上抗日前線。這也是中國詩人的歷史傳統，與屈原的「乘騏以馳騁兮，來吾導夫先路！」一脈承傳。

一九三七年抗戰爆發，朱渭深與他人在湖州主辦《救亡三日刊》。一九三八年五月，到烏鎮參加了朱希抗日部隊戰地服務團，並擔任朱希秘書，其中半年時間在吳興，安吉兩縣戰時聯合中學教書。那時他的家庭因困苦而使三個子女夭折，還有四個子女均屬孩童時代，妻子為度日，把嫁妝變賣光了，一九四三年一月，在德清被俘，關押在杭州清波門日軍集中營，他被日寇俘虜時期更是度日如年。且讀他的《春日寄內》：「幾番征戰作飄萍，檢點家書涕欲零。客舍又逢簫鼓節，歸程猶阻短長亭。家無長物親多病，裡有凶年汝獨經。苦莫登樓憑遠望，陌頭楊柳正青青。」這正是詩人內心的寫照。直至年底脫險後回到朱希部隊。一九四五年二月，應聘湖州中學高中部中文教員，並兼課三餘商校，福音護士學校。同時為〈湖州商報〉主編〈湖風〉文藝週刊一百多期。

抗戰結束，熬過了戰後的苦難，詩人朱渭深歡呼新生。可他萬萬沒想到，在他剛過上「劫後憑臨可附鶴，樽前談笑好盟鷗」的美好時日，他的頭頂上重又陰雲籠罩，一九五一年月被冠以反革命罪判十年徒刑，直到黨的十一屆三中全會後的一九八四年，才平反，重新執教。平反後僅活了三年，這位天才詩人，終於悄然離開了他曾熱誠謳歌過的世界。

時間又流過了十五年，人們才想起他來，把他用娟秀而清雅的書法寫成的《紉秋蘭室詩稿》裝訂成冊，我們重新又可以讀到他的詩集《期待》，散文集《秋花集》（複印本），無論他的詩句，文才，以及一顆被徐志摩賞識的純真之心，人們又重可回憶起這位詩人的生命裡曾經留下的一切。

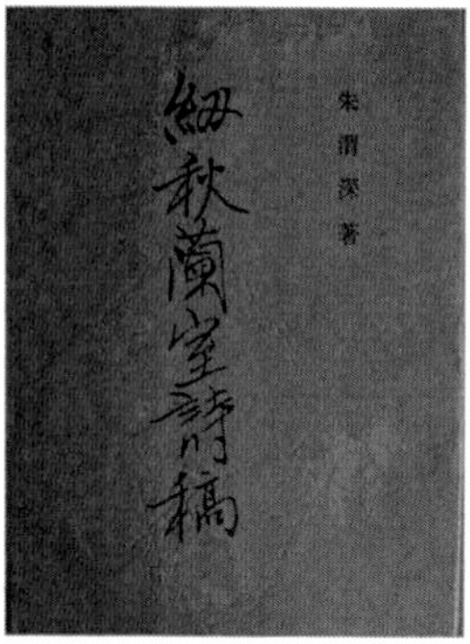

在七、八十年後的今天，也許許多人早淡忘了這位詩人，但是只要曾經呼出過正義的詩，寫下過對社會有用的文字；我想，在今後漫長的歲月裡，他將定會一直活在後世人們的記憶之中。

妙詩賞讀

無端

無端從夢裡驚醒，
聽到了寒雁的哀鳴；
它使我深深的感念，
人世的孤獨與漂零，

那夜氣是異樣的淒清，
那陣地向著我飛迸。
望一望窗上的月光，
禁不住打了個寒痕。

除夕之夜

莫要留戀了，
只剩有奄奄一息的殘年！
莫要留戀了，
薤露歌已送到你的耳邊。

你該休息了，
飛過去那墳墓永遠好安眠；
你該休息了，
莫再調弄你老人的琴弦。

可以歸去了，
那縹緲之鄉是你的家園；
可以歸去了，
我還你天天給我的哀怨。

快些上道了，
帶去人們的青春的華顏；
快些上道了，
只剩有奄奄一息的殘年！

朱渭深簡介

朱渭深（一九一〇年～一九八七年）原名永鴻，又名粲，號霞飛，湖州荻港人。一九二六年起，在上海《小說世界週刊》、《開明》半月刊、《藝風》月刊發表作品。一九三〇年四月出版第一詩集《期待》。同年九月，創辦《湖州報》並與友人建立流星文學社，出版《流星文學從書》《星小從書》及《流星》週刊。一九三六年至一九三七年，聯合中國詩歌會湖州分會的幾個戰員，創辦暘谷文學社，出版《暘穀》週刊，應聘為中國俗學會杭州主辦的《婦女旬刊》、《婦女與兒童》週刊特約撰稿人，並於《湖報》主編《民間》週刊。

主要作品有：新詩集《期待》（一九三〇年四月，上海開明書店），散文集《秋花集》（一九三四年十一月，上海天馬書店），舊詩集《好歌集》，《霞飛詩選》、《紉秋蘭室詩稿》等。

阿英：

《餓人與饑鷹》

一九二八年現代書局初版

一

想起阿英（一九〇〇年～一九七七年）不由得使人想起當年他發表於《太陽月刊》上的那篇有名的文章《死去了的阿Q時代》。「阿Q時代是早已死去了！我們不必再專事骸骨的迷戀，我們把阿Q的形骸與精神一同埋葬了罷！」這篇文章是一九二八年二月所寫。雖有著些激進也有點幼稚，可在當時卻以驚世駭俗的否決精神，激起了文壇不小的震盪。阿英當時所處年代，正是一個搏殺與血火的時代，是一名戰士心緒的直接流淌，同時也是時代精神的強烈抒寫。怪不得在一九八二年初，當時重新復出的周揚，為阿英一本書集寫序時，還提及此文。

《太陽月刊》是一九二八年一月創刊，名義上由蔣光慈主編，但編務卻由阿英負責。此刊於左翼作家聯盟成立後，改名為《拓荒者》。

三十年代阿英除忙碌編務，還出版了大量著作，而說到寫詩，《荒土》、《餓人與饑鷹》、《暴風雨的前夜》這三本詩集，可謂其代表作。《荒土》由泰東圖書局出版（一九二九年一月），《餓人與饑鷹》是一九二八年一月初版，重版於一九二九年四月一日，屬上海現代書局發行。這三冊詩集，均反映了大革命失敗前後的時代風雲，也反映出那時代的，一個詩人的興奮、苦悶而憤慨的心路歷程。

《餓人與饑鷹》是《餓人》和《饑鷹》各一卷的合集。前卷寫出了作者於一九二七年一至一九二八年間身受時代苦悶和經濟困窘時發出的呼喚，後卷是在大革命失敗後，即一九二七年四月十二日後他從上海千里跋涉逃奔武漢，輾轉於家鄉途中寫成，是作者那期間顛沛流浪生活和悲憤心情的真實記錄。

阿英在〈自序〉中說：「這兩卷詩作代表了我的兩個時代。前一卷大都是在極困窘時寫定的，其間多經濟苦悶的喊叫。後一卷則系逃亡途中所寫，大半是失敗後的悲憤心情的表露。」同時他又坦誠地說：「這詩集的技巧固然不完善，但都是寫的而不是做的。語句沒有經過雕琢，都是在情緒極奔迸時隨手寫下的。」的確，阿英不是「為賦新詩強說愁」，而是為情寫文，在那樣的時代，是無可非議的。

如《餓人》卷，寫出了經濟重壓下窮人們苦難的生存狀態，宣洩了他們不堪重負的痛苦呻吟。

詩集的第一首詩〈William Tell〉，作者就怒不可遏地揭示出世道的不公與罪惡：「雪峰下，豺狼在作威，／三邦裡，虎豹在賓士；／他們摧毀了我們的安寧，／壓迫著我們的義憤！」這些詩句，給人心靈以震撼的力量，作者發洩著心頭久壓的憤懣，作鐵屋中的吶喊，以震醒昏睡的人們！

「現在，經濟就是人生，／經濟造成了睡眠，／經濟造成了一切的夢境，／經濟造成了全世界的畸形的人生！」（〈夜〉）

阿英總在啟示人們，經濟苦悶，才是最本質的苦悶，只有剷除不平等的經濟制度，才可望建立起平等幸福的理想社會。

如他在詩中再寫道：「現在我是無米為炊／孩兒又病／妻衣百結，好友和我一樣困窘／雖曾孜孜讀書十年／可詩歌不值一文……／能向誰個說陳？」

由於時代的錯位，不禁使詩人阿英，攸忽又想起了已距他非常遙遠的清末詩人黃仲則的詩來了，「茫茫來日愁如海，寄語羲和快著鞭。」他和黃仲則同樣經歷了生活的潦倒和困厄，那兩個不同時空的聚焦點，卻緊緊貼在一起了。這般的詩情，不禁從他歎息中呼出：「今日展讀幽怨的遺詩／掀起我流浪時的悲憤／誰個肯聽我的哀音？／只有寒夜，再哭先生。」（〈再題兩當軒集〉）

兩個相隔遙遠但同樣是受著封建帝制時代的苦難書生文人。看來他們之命運是一線之牽。縱然是今日，也使我們看見了時間深處，那屬於詩人的寂寞的孤燈。他在一些雜詩中，抒發了他的憎恨。

《饑鷹》開卷詩有：「宇宙萬象，在我看只是一片血跡／我們的責任未盡／囚牢沒有衝破／血跡沒有洗滌。」（〈小王村留別天任〉）

詩人以凝重的筆調，抒寫自己逃亡中的萬般感慨。面對朋友的盛情款待，阿英和同志們沒有絲毫品嘗佳餚的口味。縈繞他們內心的只是，「路程走不盡的時候，我們是停不住的；願望沒有達到的時候，我們的心終究是不安的。」

「我欲登山悲歌，茫茫黑夜，正是豺狼得意的時候；我欲往前村漫遊，兇惡的村犬又向我狺狺狂吠。」（〈四月二十三日夜〉）

「那裡是我們的盡頭／我總不相信野狐能永久勝利……」（〈四月二十三日夜〉）。

詩人那時的處境，真是「拔劍四顧心茫然」，天地雖大，何處有他容身之地？

二

中國歷史上的一九二七年四月十二日後，阿英流亡武漢，爾後，寧漢合流悲劇的發生，他又撤離武漢流浪他鄉。這種流亡生活中的「餓人」，以及和他一起生活的朋友們的「饑鷹」，使作者抒寫了這部再現了當時現實生活的詩集。

而《饑鷹》卷中的詩，形象地再現了他此刻的心境。痛苦、沮喪、憤怒：「他像一隻落陣的孤鷹，／俯瞰流血的沙場，／發出淒厲的哀鳴；／他更像一隻渴望戰鬥的饑鷹，／尋找革命的陣營，／撲向新的戰鬥！

這卷中的不少詩作，真實地表現了阿英對敵人兇殘屠殺的蔑視，對叛徒無恥行徑的義憤，對投機家們見風使舵伎倆的鄙棄。同時，也流露了自己在腥風血雨中，感到的失意與悵惘。

那時刻，他的戰友被捕的被捕，犧牲的犧牲，阿英本人不僅目睹血腥的鎮壓，而且身遭追捕，亡命四方。這對阿英的刺激太大了，他憂鬱地唱道：「唉，天地雖大，／現在變做我們的囚牢了，／宇宙萬象，／在我們看來，／只是一片血跡了；」

當時的世界確是這般的血汙，而詩人內心深感憂慮與痛苦：「我欲登山悲歌，／茫茫黑夜，／正是豺狼得意的時候；／我欲往前村漫遊，／兇惡的村犬又向我狺狺狂吠。」（〈四月二十三日夜〉）

真到了「拔劍四顧心茫然」，天地雖大，何處有戰士容身之地？「前途雖終是我們的勝利，也得思索目前怎樣走？」（〈四月二十三日夜〉）

是的，目前怎樣走，正是詩人感到彷徨所在。「唉！究竟哪一天我們可以成功？哪裡是我們的盡頭？」

詩人沉重的歎息，正代表了從痛苦的血線上，退下來的戰士們，內心深深的痛。他在無奈之下，只有用詩澆愁用詩憤慨用詩作戰鬥。如此，又積了些詩。阿英說：「把今年以前的詩編成集子交了出去後，自已以為是不會再寫什麼詩歌了，我覺得詩的情緒完全在我的心中消逝了。卻想不到半年來，又積下許多首詩，這真是當年所不曾夢想的事。」

這「積下許多首詩」，便是《荒土》的結集。

其中「寫給一個朋友」有十一首，「往昔的故事」收錄十五首。《荒土》是一九二九年出版的詩集。連〈自序詩〉在內，共收入二十六首。之所以題名為「荒土」，阿英在〈自序詩〉中有明確說明：本集所做的詩大多是「不健全的個人的情緒」，「殘餘的靡靡的綺語」，故而要把它

「埋入荒土」。其實，詩集並非完全如此。這裡有對改良者的勸戒，有對獄中戰友的記懷，也有對出獄同志的欣喜，還有對吃人者的冷嘲熱諷，更有對罪惡社會的咒詛與對新世紀的呼喚。由於阿英受當時所謂「大時代」的影響，認為自己的詩只有一條出路，讓它死亡，並埋入「荒土」，於是，這「小開本」的詩集，也成了他最後的一個絕唱。

然而，當我有機會把這兩個可能已絕了版的詩集，從塵封的「荒土」中挖出，在一盞燈下重新展讀時，還感到它並未過時或死亡。如在《寫給一個朋友》的詩中，他寫道：「粉飾的海面內／藏著原先的毒坯／朋友快離開這座囚籠／不再徘徊／改良主義是人間可怕的惡鬼。阿英熱情鼓動對改良主義、抱有幻想的人、澈底醒悟：「我們不是妥協崇拜的奴性的賤人，無間斷的為著多數人抗鬥才是我們的精神。」

阿英在在〈囚徒〉中，詩人勇敢地宣稱：「我們要用赤血染得地球紅，縲絏的生涯早在意料之中。」這激動人心的詩句，何曾有一絲傷感的情調。特別是〈朋友們，我和你們握手〉、〈壓迫〉兩首詩最具亮色，也最富有戰鬥感召力。

還有阿英在〈為了窮困〉這首詩中，詩人歎息說：「著作人的心情／今也是市儈的心情／藝術已變成謀生的工具／提起筆來誰都要預測它的銷路。」

再看〈壓迫〉：「到壓迫的下麵找道路去，／兄弟們，你不要退縮，／不要徘徊；／勝利終歸屬於無產者所有，／只要我們的精神始終不懈。」

詩句似鼓點、號角，催人征戰，動人心魄，。這裡沒有一絲悲哀、一絲沮喪。

今天我們重讀這些詩，雖在詩韻藝術上，還缺少了些審美意象和境界上的飄逸自然，可還是令我為之沉吟，擊節。而且，這兩本詩集也體現了阿英詩歌的一定的長處，其中不少詩，具有一定的藝術價值，豐富了新詩的表現手法，而給中國新詩壇以有益的貢獻。如若聯繫今日世界生活中，不該發生的事，再讀阿英七十多年前的這些直白的詩，心情也許是很複雜的。因為，那樣的時代似並未過去。

賈植芳先生有〈甘守寂寞探左聯〉一文，他認為「左聯」的意義，還沒有窮盡，其複雜性和歷史深遠性，遠大於中國現代文學史中的其他文學現象，還說：「關於『左聯』的史料我們已經掌握得十分豐實了，但是可待發掘的空間仍然很大」。

阿英，作為「左聯」早期的詩人，正是受蘇聯「拉普」和日本「納普」思潮所染的普羅詩派的代表，對他詩歌可待發掘的空間，也確很大。

我在燈下，讀出了他「當年那種勇往直前的青年銳氣」，然而，令人歎謂的是，早在他青年時，就希望「死去的阿Q時代」，至今還並未死去了呢。且阿英用筆戰鬥了一生。他為中國革命文化事業的發展作出的貢獻，他所創作的那分瑰麗的社會精神財富，是人們永遠不會遺忘的。

說起阿英，我們許多人不會忘記他，因他還是一位藏書家，現在的愛書人都知道，《阿英書話》多次再版。阿英自打二十年代，步入文壇，就非常注重新文學史料的搜集和研究。所以在他早期的一些隨筆雜著中，就已具備了一些書話的成份。一九三三年他在編選《現代名家隨筆叢選》時，就注意到對「讀書雜記」這一體裁的選收，並表示了他的偏愛。

但「阿英並不是為好書而買書，在他的書箱裡，很難找出「四書五經」之類的書來。他自己也說過：「我所收集的都是些資料，可派用場。」的確，他所買的書，定是他那支「筆」的「食糧」。

阿英買書，一般大書店由於書價高他不去，如在上泫時，通常跑城隍廟和辣斐德路一帶的小書店和書攤子，或者到認識的、能夠欠帳的中國書店。但是買起書來十分大方，從不大計較還價。不瞭解他的人，鑒於他的名聲，還以為他是富收藏家。

這裡有一插曲。有一個小藏書家，很羨慕阿英，經人介紹後，頭次見面就送給他一部罕見的彈詞，阿英邊看邊連聲稱好。（王松泉〈阿英求書鎖記〉）

阿英也曾說：「施蟄存的《無相庵隨筆》，裡面有很多好作品……在這裡選用的，我最喜歡〈買書〉一篇，這大概是由於和我自由的生活接近的緣故吧。」又說：「顧頡剛寫的『讀書雜記』很多，在《日記文學叢選》裡已經收了一些，這裡收的是更短小的。……在讀書隨筆寫作的方法上，這是可以幫助的。」

其實那時，他已經開始了讀書隨筆的寫作。他的以讀書小品、考訂隨筆為主的《夜航集》。於一九三五年三月出版，與周作人的《夜讀抄》差不多同時。而唐弢先生的開始撰寫書話，已是十年之後的事情了。現在通用的「書話」這一概念，以阿英為最早的採納者，這便是作於一九三六年的《〈紅樓夢〉書話》。如果說這篇文章做的還是考訂古籍的工作，那麼，發表於一九三七年的三則《魯迅書話》，則完全是新的意義上的書話了。

黃裳先生就稱阿英為新的書話的「最早的先行者」，並指出：「他在一九三五年寫《版本小言》、就將『新書』的版本價值拿來與舊書相提並論，在當時可能是驚世駭俗，在今天，則正是高明的預見」（《銀魚集・阿英與書》）。唐弢先生亦稱讚阿英的《夜航集》「收入的是讀書小品、考訂隨筆，讀來也頗有趣。」

在此後出版的《海市集》（一九三六）和《劍腥集》（一九三九）等書中，也同樣收入了不少的書話作品。綜觀阿英三十年代以前的書話，可以說，現在流行的幾種書話寫作的方式，他大都做過嘗試。

三

阿英一生可謂多才多藝，他生於安徽蕪湖。原名錢德富。少年時在家鄉讀書。青年時參加過五四運動。一九二六年加入中國共產黨。是中國現代著名的劇作家、文藝批評家。一生著述豐富，包括小說、戲劇、散文、詩歌、雜文、文評、古籍校點等共有一六〇餘種。《晚清小說史》等有日譯本，德譯本。《李闖王》有捷克譯本。

但晚年時，受「文革」迫害，一九七七年患癌症逝世。惜《晚清小說叢鈔》和《近代反侵略文學集》兩套叢書，未能出齊，另，新版《晚清文學史》的增訂工作也不及完成。這些都是中國近代文學史研究工作方面的重大損失。

後由魏紹昌同志繼續前輩未竟的事業，孜孜不倦地做了大量的工作。近年出版的《吳趼人研究資料》和《李伯元研究資料》，無疑是他對晚清作家及作品研究的重大收穫。

黃裳先生曾說：「《阿英文集》在作者逝世四年以後問世了。這本七十萬字的文集收入了散文、隨筆、回憶、序跋等部分單篇作品，篇幅較巨的創作與論著都沒有選入。儘管如此，文集還是清晰地反映了作者五十年來走過的道路，一展卷，作者的言笑，在革命道路上僕僕前行，伏案研究、南北訪書的種種，都如在目前了。作者的文學工作涉及了非常廣闊的方面，但他所作的一切都沒有離開為中華民族的生存與解放而戰鬥的軌道。作者是文學家，但首先是革命者。」

這話我同感。但我總認為阿英首先是個詩人，因為，他有一顆真誠之心。他少年時在家鄉孜孜讀書。青年時參加過五四運動。一九二六年加入中國共產黨。但他不貪官，不唯上，不荒於自己之學業，因有了這樣的平常心，才有如此的學術成就。

又如民國年間，《新聞報》副刊《快活林》連載山農、大可、天諜、東雷、獄生、指嚴、律西、眉子、獨鶴、浩然等十位作家的「集錦小說」《夜航船》，以其不落俗套，竟至洛陽紙貴。三十年代，阿英先生的《夜航集》問世，引起讀書界的濃厚興趣。阿英先生在《夜航小引》中曾寫道：

「夜航船，是晝伏夜行的，而我的寫作生活，也差不多一樣，都是在夜闌人靜，萬籟俱寂的時候，攤開紙來寫。那時我就想用『夜航船』作雜文集的總名。……為著避免名字的雷同，我把『船』改為『集』。集子的內容，大都是些紀行文，談書錄隨筆，雜感之類，不足以登大雅之堂。可是我很歡喜，因為所收的都是我自己的話，都是些迫在心頭，不得不喊出的我的聲音。」說自己的話，喊自己的聲音」，這是《夜航集》的風格，也是「夜航船」的風格了。

今天，隨時代發展，再不需夜航船來渡河，也不需攤開紙來寫（當然用紙尚有）然「說自己的話，喊自己的聲音」還是那麼需要，「迫在心頭，不得不喊出的我的聲音。」更是不可或缺的事。

我想，一個抒發出《餓人與饑鷹》和《荒土》的詩人，他不會無言和困倦，他的「思想剛剛落地，放射出它的光芒，他便用自已的筆，傾吐出整個的心聲！」——這便是一個五四後的真正的詩人。（參閱普希金《詩人》）

妙詩賞讀

述懷

道旁有許多嬉戲的兒郎，
這又觸起我心緒的悵惘。

我也有三個活潑的稚兒，
不知是否還在門前喧嚷，
假使，我如往年的居在家鄉，
這時，定攜著他們在田間遙看新月的升上。
假使，我如往年的能自由回到故鄉，
他們一定在環繞
著我在話短說長。

夜雨呈時雨

啊，夜雨，你這迷人的夜雨，
你不妨更緊一陣兩陣，
嚴密的雨點是阻不了我們的旅程。
天光已漸漸地亮了，
我們的世界總有
一日在我們無間斷的鬥爭中來臨。

詩一首

他們把歡悦稱作浩歎，
說牛羊都可以飛到天上
恥笑著主張正義的人們，
尊崇那經濟製成的衣冠。

他們現在是一個個的瘋了
左手抓著錢袋，右手握著感情；
穿上掛著嬉笑怒罵的面具
揚起四蹄在軟紅塵裡飛奔。

阿英簡介

阿英（一九〇〇年～一九七七年）安徽蕪湖人。即錢杏邨，原名錢德富，又名錢德賦。主要筆名還有錢謙吾、張若英、阮無名、鷹隼、魏如晦等。一九二六年參加中國共產黨，一九二七年從蕪湖逃亡到武漢後到上海，長期從事革命文藝活動，與蔣光慈等發起組織「太陽社」，編輯《太陽月刊》、《海風週報》等現代著名劇作家、文學理論家、文藝批評家。著有詩歌、小說、散文，尤以戲劇成就最高，有歷史劇《李闖王》、《碧血花》等。有文集《阿英文集》等。代表作《鄭成功》，《楊娥傳》，被稱為「南明史劇」。一生著述豐富，涉及文學、文藝理論、文藝批評、戲劇、電影文學史、美術史等多方面，又重視俗文學及曲藝資料的搜集、整理和研究工作。

主要著作：《彈詞小說評考》、《女彈詞小史》等。有關小說、彈詞的著述，有《小說閒談》、《小說二談》、《小說三談》、《小說四談》等。編集有《晚清文學叢鈔》、《鴉片戰爭文學集》等。著有小說《義塚》，散文《夜航集》，劇本《碧血花》、《李闖王》。論著《現代中國文學作家》、《現代中國文學論》、《中國年畫發展史略》。輯有《中國新文學運動史資料》、《晚清文學叢鈔》等。

殷夫《孩兒塔》中的兩個世界

一九三〇年編定

一

今日是三月二日，不知一種什麼樣的心有「靈犀」的感覺，忽然想起正好是七十年前的那個日子，現代文學史上的一件大事，中國左翼作家聯盟在上海成立。七十年後，再回眸二十世紀三十年代那風起雲湧的時代，那些是是非非，恩恩怨怨，一切已成為過往煙雲的歷史。然而，在歷史的腳步向前邁進之際，總留下些許使人不能忘懷的東西，那就是令我最不能釋然忘懷的，是左聯中那些曾用鮮血和生命，寫下過許多壯烈詩篇的人。這些人中特有一個人，他是當時五烈士中最年輕的一位。卻以二十二歲時，便獻出了自己生命的詩人殷夫。是因他們熱血年輕，還是為了正義，想剪除世上的諸多不公。

有時我想，中國二千年來，總有那些青年詩人乃或知識者，在做著這樣的前赴後繼的事。如若探索這些人的心志歷史，興許是我們這二千年沉重的歷史，能踽踽走到今天現代化道路上來的祭奠之史。而殷夫作為詩人和革命者，就是這背負著二千年沉重歷史包袱其中的一個。

他是浙江象山縣大徐村人，一九〇九年端午節，出生於一個中產家庭。原姓徐名白。殷夫在家名徐柏庭，讀書時名徐祖華。應該在殷夫與魯迅往來時，是使用過徐白。如他曾用徐白的名字在《列寧青年》發表〈衝破資產階級的欺騙與壓迫〉。父親是個醫生，但在殷夫念小學時便逝世了。但他有一個「異常慈善」的母親，還有一位「因他進行革命，被大哥軟禁期間，替他與外邊聯繫，並支持他的『好妹妹』」。當然，他還有與他志向迴異的三個哥哥，其中以「長兄為父」的大哥徐培根，是曾做過蔣介石的航空署長和南京司令部的參謀處長。殷夫，是在他大哥的照料下成長起來的。殷夫約於一九二六年前後到上海，入民立中學讀書，一年後轉入浦東中學，一九二七年四月被捕離校，一九二七年秋入同濟大學，到一九二九年脫離學校，全力搞革命工作了。

大哥想教育他成為一個有「爵祿」有「榮譽」的官僚階層。然而，中國歷史上的一九二四年至一九二七年，直至三十年代，人民要求沖決一切束縛他們的羅網，朝著民主與解放的路上迅跑的時代。當時中國大地上有無數軍閥，土豪劣紳，貪官汙吏，這個統治群體，僅為一己或一集團利益，使社會陷入黑暗、貧困。這樣的時代，政治的黑暗，使年輕詩人的心靈歷程，發生變化，這正如他自己在〈《孩兒塔》上剝蝕的題記〉中說的：「我的生命，和許多這時代中的智識者一樣，是一個矛盾和交戰的過程，啼、笑、悲、樂、興奮、幻滅……一串正負的情感，劃成我生命的曲線；這曲線在我詩歌中，顯得十分明耀。」這便是詩人殷夫對於人生的偉大和對人生美麗的激烈追求。這追求抑或渴念，劃成了他生命的曲線。這曲線是什麼呢？是他對人生的矛盾和交戰，是他正負情感的跳躍，是他選擇怎麼樣的人生之路。於是在一九二八年他毅然離開同濟大學，開始了他作為一個詩人的職業革命活動。

這種職業的活動，使成年的殷夫在人民大眾的底層，找到了英勇精神和愛國思想的源泉。這一時期，在神州大地上，正是「斧頭劈開新世界，鐮刀割斷舊乾坤」打土豪分田地的時代。

殷夫所以能放棄他的中產階層的生活，能夠毅然和他哥哥所希望的「榮譽」和「爵祿」訣別，作為一個詩人的他，他受時代氛圍的影響，敏感懂得只有和人民大眾站在一邊，和全民功勳的合流，個人的生命才能走向偉大和不朽。

詩人在那時無不受到上海工農力量的鼓舞，因為當時武漢政府已和蔣分道，共產黨所領導的上海產業工人，已有二十多萬。正是一個反帝反封建的時代，一切嚮往新生的青年，都相當振奮。他們決心要去追求新的生命！

正是七十年後的今天，我們看左聯作家的歷程，才明白這個意義。那時代，青年嚮往的天堂之路，後人沒有任何東西可以懷疑，也許今日沒有人談革命的時代了，是想像不出那時的年輕人，究竟想幹什麼樣的事業。我想，也許是一個時代真正的詩人，歷史常常會向他們提出這些最困難和最偉大的任務。這也是魯迅說過的話：「……在今天和明天之交發生，在誣衊和壓迫之中滋長……」。魯迅先生對年輕的詩人殷夫的這個評語，是多嗎鏗鏘有力，是充滿著深厚的關愛和呵護。以致魯迅在〈為了忘卻的紀念〉一文中，特地把殷夫翻譯的裴多菲詩：「生命誠寶貴，愛情價更高，若為自由故，二者皆可拋！」引入文中。

二

在那樣的時代的浪潮中，年輕的詩人殷夫，發出了心聲，寫出了詩集《孩兒塔》、《伏爾加的黑浪》、《一百〇七個》，還有譯詩和小說隨筆集《母親》等。現在我們看到的是這些詩稿和由魯迅保存下來的《孩兒塔》手稿，都保存於國家圖書館內。所藏殷夫手稿一種，即便是《孩兒塔》，書中插圖九幅，為女畫家白波所作。白波是三〇年代初中國第一個油畫藝術團體「決瀾社」的成員。她曾以非凡的激情和靈感，創作出如《孩兒塔》、《蜜蜂小姐》、張樂平的《三毛》等知名的漫畫和插圖已成經典。

《孩兒塔》是殷夫的第一部詩集，也是他最具代表性的作品，生前未得以刊行。詩集於一九三〇年編定。收錄了詩人一九二四年至一九二九年的主要作品，共計六十五首。詩中吟誦愛情、謳歌友誼、抨擊時政，形象地展現了詩人追求光明、憧憬自由的艱辛歷程和思想情懷。在詩中，他已經非常明確表白自己的立場和面向那黑暗的現實：「任暴風在四周怒吼／任烏雲累然地疊上，／但他仍堅定表示：不是苦難能作踐我的靈魂／也不是黑暴能冰凍我的沸心……／我要，冒雨沖風般繼著生命。」（〈孤淚〉）

一顆詩人反抗的種子，在這些充滿激情的詩句裡，綻發出了閃亮的火光。

這時的殷夫，那麼年輕，正值「感性的根源傾向過去，理智的根源傾向未來。」的時候（高爾基語）。隨著殷夫參與人民大眾實際鬥爭的體驗，詩人在經過一段艱難崎嶇的探索和跋涉後，那被壓迫者的激憤，也同樣在他的一篇充滿國際主義的作品《贈朝鮮女郎》裡迸發出來：「你請放高歌唱吧／你胸中不是有千縷怨絲／你的心不是在酸楚地跳抖／對著黃浦你該發洩你的悲嘶！……／把你新生的火把燃起吧！／被壓迫者永難休息！」

一九二九年至一九三〇年，殷夫充滿激情而勤奮地抒寫了許多猛烈的戰鬥詩篇，如《血字》、《一九二九年五月一日》、《我們的詩》、《夢中的龍華》等。作為詩人，他敏銳地感受那個時代的一切，而作為一個知識分子，他表現了對黑暗政治和人民痛苦的無比同情。在這些充滿無比激情的詩中，尤其在那首膾炙人口的《別了，哥哥》，更叫人感動，讀了無不使人迴腸蕩氣：「「你的誠意的教導，使我感激／你犧牲的培植，使我欽佩／但這不能留住我不向你告別……／真理的憤怒使他強硬／他再不怕天帝的咆哮／他要犧牲去他的生命／更不要那紙糊的高帽！」

於此，魯迅讀了他的這樣的詩歌後也非常感動。當為《孩兒塔》作序時，就指出了殷夫詩歌的突出意義：「這《孩兒塔》的出世並非要和現在一般的詩人爭一日之長，是有別一種意義在。這是東方的微光，是林中的響箭，是冬末的萌芽，是進軍的第一步，是對於前驅者的愛的大纛，也是對於摧殘者的憎的豐碑。一切所謂圓熟簡練，靜穆幽遠之作，都無須來作比方，因為這詩屬於另一世界。」

為何魯迅說：「這詩屬於另一世界」，只要看殷夫自己在〈《孩兒塔》上剝蝕的題記〉中寫到：「我的生命和許多這時代中的智識者一樣，是一個矛盾與交戰的過程，……一串正負的情感，劃成我生命的曲線。」

當今日我們讀了這段詩人的心聲，如拿他後期的詩，看作是曲線的拋物點，那嗎反映他心靈痛苦轉變歷程的《孩兒塔》則是該曲線的波谷處。如殷夫所說「這裡所收的都是我陰面的果實。」

身處於動盪不安的社會中的殷夫，由一個小資產階級知識分子，成長為一個堅定的大眾詩人，確是他克服了個人的悲觀與狹隘、經歷了從追求愛情、到放棄愛情後的心靈的昇華。這一成長歷程，已融入了他的詩中，形成了其「生命的曲線」，這便使這顆陰面的果實，才具有了陽剛的生命力量的「別一種意義」。

三

作為天才的詩人殷夫，其在最後的生命裡，還為我們留下了最後一首詩〈梅兒的母親〉。如若回憶這七十多年來，我們所走過的淒風慘雨的時代風浪，當讀著這詩，真令人不忍卒讀下去。七十多年前的一如像殷夫這般詩人的靈魂，似乎離我們今天的氛圍，格外遙遠。如若今天像他這般年齡的少男少女，再讀他的詩，興許會少一點興趣，也會認為是「另類」，被認為似走入了一個「天方夜譚」的世界。

殷夫四次被逮捕，二次由他做高官的哥哥保釋，那時刻只要他稍稍轉念思想，他便馬上可出國「深造」，稍一轉意，做高官的大哥，即可攜他去一個物質富裕的世界，稍一附庸頌德，他便可得高官和厚祿！而詩人殷夫卻堅定地拋棄了這一切。

記得殷夫這位天才的詩人，當第三次被捕時，就是魯迅在〈為了忘卻的紀念〉中所記的：「我們第三次相見，我記得是在一個熱天，有人打門了，我去開門時，來的就是白莽，卻穿著一件厚棉袍，汗流滿面，彼此都不禁失笑。這時他才告訴我他是一個革命者，剛由被捕而釋出，衣服和書籍全被沒收了，連我送他的那兩本；身上的袍子是從朋友那裡借來的，沒有夾衫，而必須穿長衣，所以只好這麼出汗。」魯迅在〈白莽作《孩兒塔》序〉中又一次回憶了殷夫那次出獄後到他家的情況：「熱天穿著大棉袍，滿臉油汗，笑笑的對我說道：『這是第三回了。自己出來的。前兩回都是哥哥保出，他一保就要干涉我，這回我不去通知他了。……』」

四入監獄，最後臨別那世界時，他還說：「別了，哥哥，你是你，我是我！／不要榮譽，不要功建，／只望向真理的王國進禮。」

殷夫終於自覺地走向了劊子手為他設計的方向——一九三一年二月七日深夜，一個年輕的詩人，與其他二十二個青年一起，被國民黨反動派祕密槍殺於上海龍華！

而他是最年輕的一個！

這個複雜多變的歷史上的轉折期，多變時代、統治者為了穩定的時代，必定要犧牲這些青年的精英？這也許是歷史的必然。殷夫的命運，是中國詩壇上一朵早殤的花朵，他那麼匆匆走完了短促的一生，猶如漫長夜空中，一座閃亮的星漢燦爛行星。

時空雖已過去了七十多年，《孩兒塔》和他的詩人，始終還活在人們心中，還在七十年後的長夜星空中，熠熠閃爍！

今日，三月的春雨綿綿，早春天氣格外陰晦，悼念詩人殷夫不屈的英魂，我會痛哭，我將去他的墓地祭拜！因為時代需要這種品質，而他未唱完和還未唱過的歌，我們應該接著唱下去。殷夫，是我國早期的一個天才詩人。寫到這裡，我的筆會凝重、呆滯起來。但又感是必然，就因為他是一個飽含血性的激情的詩人。世上如還有著黑暗與不公，那嗎有志於為天下為公的詩人，必然會呼喚、會戰鬥。所以孫中山在海寧觀潮時會發出「世界潮流浩浩蕩蕩，順之者昌，逆這者亡矣！」

但是，在另一個充溢人性的世界裡，殷夫於《孩兒塔》中愛情詩，幾乎占了一半，完整地反映了殷夫戀愛過程中，心靈波動的全過程：初戀時的甜蜜與對愛情的渴望；戀愛過程中矛盾與鬥爭；忍痛放棄時的哀傷及別後的思念。這顯然是一個充滿鬥爭的內心波折過程的反映。其每首愛情詩都由抒情主人公「我」直接來傾訴，這股從抒情主人公，從內心深處緩緩湧出的情感之泉，向我們展露了一個內心充滿矛盾與交戰情感，一個由人性表露出戀愛的天才詩人的心靈。

殷夫的愛情詩，是獻給詩歌中多次出現的「真」、「F」的。據丁景唐先生考證，「真」原名盛淑珍（後改為盛孰真）在一九二六年夏經殷夫二姐介紹與殷夫開始通信為友，兩年的通信交往中，彼此間的感情心照不宣。《我們初次相見》回憶了與戀人初見時的場景與感受，將一個渴望愛情而又略帶羞澀之情的抒情主人公，初見情人時的情景躍然紙上。

而在《呵，我愛的》一詩中，則勾畫出了一幅與戀人共處時，被愛包圍的快樂甜蜜的圖景。然而，快樂總是短暫的。一九二八年冬，由於殷夫母親誤信「真」已與他人訂婚的謠言及以「真」消瘦多病、眼睛又近視，必定福薄不長壽為由，反對二人結合。這令本來奔殷夫而到偏遠的象山任教的「真」只能返回中斷。

於此，殷夫深為離別的痛苦折磨，〈別的晚上〉整首詩，被哀傷、痛苦、無奈的氛圍環繞，與此前的甜蜜愛戀形成鮮明對比，伴著「我」的唯剩下「天空別意的淚水」，連天空都為他們悲切的愛情命運而流淚神傷。

這不禁耐人深思：受過新文化教育與革命浪潮擊打的殷夫，怎僅因母親毫無根據的反對，而放棄對真愛的追求？

其一首〈宣詞〉的詩，則道破了其真實的內心。詩歌以主人公請求原諒的口吻，回憶了二人共度的美好時光，可忽然主人公一改輕輕低訴的語調，狂喊般地呼出了他心中隱秘的歌：「你不看漫漫長夜將終了／朝陽的旭輝／在東方燃燒／我的微光若不合著輝照／明晨是我喪鐘狂鳴／青春散殞／潦倒的半生／殁入永終的消遙／我不能愛你／我的姑娘！」

久經思想鬥爭而做出的狠心決定，隨著集於內心的痛苦與矛盾一起噴湧而出。可見詩人清醒地認識到這個決定是殘酷、不合理的。但「最後」兩字則表明了這是詩人在經歷了艱難的內心鬥爭與掙扎後的自我征服，既包含了堅定的意味，也充滿了絕決的色彩。

〈宣詞〉寫於一九二八年八月十七日，早於〈別的晚上〉近半年，可見在母親反對之前，殷夫已在心中對自己發出了警告。由此，在痛苦的咀嚼中，他征服了自己，取得了戀愛中「矛盾與交戰」的勝利。

四

當然，詩歌終究是一種文學藝術，我們並不能將殷夫的愛情詩，看作他一切愛情生活的翻版。但流貫於其中的感情地起伏波動，卻是他矛盾鬥爭心理的真實表現。

生命誠可貴，愛情價更高，若為自由故，二者皆可拋。這是殷夫生前翻譯的匈牙利詩人裴多斐詩的格言，殷夫正是將它作為自己人生的格言，為革命犧牲了其年輕的生命和刻骨銘心的愛情。

如果說殷夫《孩兒塔》中的愛情詩與他的紅色鼓動詩，共構成了其成長中「矛盾與交戰」的人性的兩個世界，共劃了他的「生命曲線」。這正顯示了他偉大的人格力量。這不也從另一個角度，印證了《孩兒塔》由偉大的文學家魯迅說的「這詩屬於別一世界」的所在嗎？詩人於一九二七年夏，所寫《萍》中的詩，似作了他一個年輕生命的小結：

我十七年的生命，／像飄泊的浮萍，／但終於要這樣的，／這樣的埋藏了青春。／我十七年的青春，／這槁枯的灰塵，／消滅了，消滅了，／／一切將隨風散殞！／我不曾有歡樂的日子，／我不曾有狂妄的野心，／我的生命，我的青春，／總像一朵浮萍！／像一朵浮萍，／像一朵浮萍，／終日、終月、終年在水上飄零，／誰也不曾愛我，／除了我的同伴和我的母親！

此文寫此，我想，還是以魯迅為《孩兒塔》所撰之序言作結：「春天去了一大半了，還是冷；加上整天的下雨，淅淅瀝瀝，深夜獨坐，聽得令人有些淒涼，也因為午後得到一封遠道寄來的信，要我給白莽的遺詩寫一點序文之類；那信的開首說道：『我的亡友白莽，恐怕你是知道的罷。……』——這就使我更加惆悵。」

說起白莽來，不錯，我知道的。四年之前，我曾經寫過一篇〈為了忘卻的紀念〉，要將他們忘卻。他們就義了已經足有五個年頭了，我的記憶上，早又蒙上許多新鮮的血跡；這一提，他的年輕的相貌就又在我的眼前出現，像活著一樣，熱天穿著大棉袍，滿臉油汗，笑笑的對我說道：「這是第三回了。自己出來的。前兩回都是哥哥保出，他一保就要干涉我，這回我不去通知他了。……」——我前一回的文章上是猜錯的，這哥哥才是徐培根，航空署長，終於和他成了殊途同歸的兄弟；他卻叫徐白，較普通的筆名是殷夫。

一個人如果還有友情，那麼，收存亡友的遺文真如捏著一團火，常要覺得寢食不安，給它企圖流布的。這心情我很了然，也知道有做序文之類的義務。我所惆悵的是我簡直不懂詩，也

魯迅為孩兒塔作序

沒有詩人的朋友，偶爾一有，也終至於鬧開，不過和白莽沒有鬧，也許是他死得太快了罷。現在，對於他的詩，我一句也不說——因為我不能。

這《孩兒塔》的出世並非要和現在一般的詩人爭一日之長，是有別一種意義在。這是東方的微光，是林中的響箭，是冬末的萌芽，是進軍的第一步，是對於前驅者的愛的大纛，也是對於摧殘者的憎的豐碑。一切所謂圓熟簡練，靜穆幽遠之作，都無須來作比方，因為這詩屬於別一世界。

那一世界裡有許多許多人，白莽也是他們的亡友。單是這一點，我想，就足夠保證這本集子的存在了，又何需我的序文之類。（一九三六年三月十一夜，魯迅記於上海之且介亭。）

「只是你們已被世界遺忘，你們的呼喊已無跡留」我想，這世界決不會遺忘這樣的一個詩人！

妙詩賞讀

孩兒塔

孩兒塔喲，你是稚骨的故宮，
佇立於這漠茫的平曠，
傾聽晚風無依的悲訴，
諧和著鴉隊的合唱！
呵！你是幼弱靈魂的居處，
你是被遺忘者的故鄉。

白荊花低開旁周，
靈芝草暗覆著幽幽私道，
地線上停凝著風車巨輪，
淡曼曼天空沒有風暴；

這喲，這和平無奈的世界，
北歐的悲霧永久地籠罩。

你們為世遺忘的小幽魂，
天使的清淚洗滌心的創痕；
喲，你們有你們人生和情熱，
也有生的歌頌，未來的花底憧憬。

只是你們已被世界遺忘，
你們的呼喊已無跡留，
狐的高鳴，和狼的狂唱，
純潔的哭泣只暗繞莽溝。

你們的小手空空，
指上只牽掛了你母親的愁情，
夜靜，月斜，風停了微嘘，
不睡的慈母暗送她的歎聲。

幽靈喲，發揚你們沒字的歌唱，
使那荊花悸顫，靈芝低回，
遠的溪流凝住輕泣，
黑衣的先知者驀然飛開。

幽靈喲，把黝綠的林火聚合，
照著死的平漠，暗的道路，
引主無辜的旅人佇足，
說：此處飛舞著一盞鬼火……

我們初次見面

我們初次見面，
在那個窗的底下，
毿毿的綠柳碎擾金陽，
我們互看著地面羞羞的握手。

我記得，我偷看看你的眼睛，
陰暗的瞳子傳著你的精神。
你是一個英勇的靈魂，
奮鬥的情緒刻在你的眉心。

我記得，我望望你的面頰，
瘠瘦的兩頰帶著憔悴的蒼白，
但你的顴下還染著微紅，
你是，一個年輕、奮發。

我記得，我瞧見你的頭髮，
濃黑的光彩表徵了你豐富的情熱，
我這般默默地觀察，
我自此在心中印下你的價格。

殷夫簡介

殷夫（一九〇九年～一九三一年），原名徐白，譜名孝傑，小名徐柏庭，學名徐祖華，又名白莽，浙江象山人。讀書時先後用過徐白、徐文雄（字之白）等學名，筆名有徐殷夫、白莽、文雄白、任夫、殷孚、沙菲、沙洛、洛夫等，及Lven等，殷夫則是他較為常用的筆名。共產黨員。中國無產階級的優秀詩人。遺著有《殷夫詩文集》。

主要代表作品《孩兒塔》，《殷夫選集》，《殷夫集》。

【跋】

《絕版詩話》初集，於二〇一二年十二月印行以後，時間飛馳，又三年多，又有了《絕版詩話二集》的文稿，為得資料之完整，這續集，乃得到許多文友的幫助。如稍舉一例，其中民國詩人羅吟圃，曾只出了一本詩集《纖手》，我收的是他的一冊毛邊本。淞滬戰事爆發，羅正在十九路軍翁照垣旅長下進行抗戰，後他執筆撰寫了《淞滬血戰回憶錄》。整部回憶錄共七章，內容豐富、結構嚴整，由翁照垣口述，羅吟圃撰文，完成後陸續在上海《申報月刊》連載。睽隔了八十多年後，為了尋得他很少留世的照片，文友兼鄉前輩周炳輝先生，曾多次去上海圖書館，代為查找，其精神令我感激不盡。

作為《絕版詩話——民國詩集風景》，為了與初集本銜接為伍，其版式、字體、用紙、封面，仍一如其往，便於讀者翻閱、收藏。如把這二集中的賞讀之詩，作為青少年的詩文閱讀、朗誦，我以為尚可作為學校的輔助教本，將是一代又一代，詩書傳家之用。也許，因心中有詩，人的生命的本質，才能深厚一些。

最後，要感編輯們，為我編了初集、二集，這兩本我很喜歡的書。在此，一併感謝於他們，並感謝出版人、總編，以及曾幫助我的諸多文友。

我想，我現還在寫作中的《絕版詩話》三集、四集、五集的出版，可能沒有如此幸運的機緣。但天下一切事，要看緣分。真的，人生的一切事，要耐得住自然和等待。我想，當讀者拿到此集，讀者自會喜讀，因為，我以為，君子非好古求敏，讀好詩才能求敏也。

二〇一五年、歲次乙未中秋

於床前明月光的聽雨齋

秀威經典　　新視野17　PC0519

絕版詩話
——民國詩集風景

作　　者／張建智
責任編輯／辛秉學
圖文排版／杜心怡
封面設計／王嵩賀

出版策劃／秀威經典
發 行 人／宋政坤
法律顧問／毛國樑　律師
印製發行／秀威資訊科技股份有限公司
114台北市內湖區瑞光路76巷65號1樓
電話：+886-2-2796-3638　傳真：+886-2-2796-1377
http://www.showwe.com.tw
劃撥帳號／19563868　戶名：秀威資訊科技股份有限公司
讀者服務信箱：service@showwe.com.tw
展售門市／國家書店（松江門市）
104台北市中山區松江路209號1樓
電話：+886-2-2518-0207　傳真：+886-2-2518-0778
網路訂購／秀威網路書店：http://www.bodbooks.com.tw
國家網路書店：http://www.govbooks.com.tw

2016年5月　BOD一版
定價：320元

國家圖書館出版品預行編目

絕版詩話 : 民國詩集風景 / 張建智著. -- 一版.
-- 臺北市 : 秀威經典, 2016.05
面； 公分. -- (新視野 ; 17)
BOD版
ISBN 978-986-92973-2-5(平裝)

1.新詩 2.中國詩 3.詩評

820.9108 105006486

讀者回函卡

感謝您購買本書，為提升服務品質，請填妥以下資料，將讀者回函卡直接寄回或傳真本公司，收到您的寶貴意見後，我們會收藏記錄及檢討，謝謝！
如您需要了解本公司最新出版書目、購書優惠或企劃活動，歡迎您上網查詢或下載相關資料：http:// www.showwe.com.tw

您購買的書名：________________________________

出生日期：________年________月________日

學歷：□高中（含）以下　□大專　□研究所（含）以上

職業：□製造業　□金融業　□資訊業　□軍警　□傳播業　□自由業
　　　□服務業　□公務員　□教職　□學生　□家管　□其它_____

購書地點：□網路書店　□實體書店　□書展　□郵購　□贈閱　□其他

您從何得知本書的消息？

□網路書店　□實體書店　□網路搜尋　□電子報　□書訊　□雜誌
□傳播媒體　□親友推薦　□網站推薦　□部落格　□其他__________

您對本書的評價：（請填代號　1.非常滿意　2.滿意　3.尚可　4.再改進）

封面設計____　版面編排____　內容____　文／譯筆____　價格____

讀完書後您覺得：

□很有收穫　□有收穫　□收穫不多　□沒收穫

對我們的建議：________________________________

____

____

____

請貼
郵票

11466
台北市內湖區瑞光路 76 巷 65 號 1 樓
秀威資訊科技股份有限公司 收
BOD 數位出版事業部

（請沿線對折寄回，謝謝！）

姓　名：＿＿＿＿＿＿＿＿ 年齡：＿＿＿＿ 性別：□女 □男

郵遞區號：□□□□□

地　址：＿＿＿＿＿＿＿＿＿＿＿＿＿＿＿＿

聯絡電話：（日）＿＿＿＿＿＿＿＿（夜）＿＿＿＿＿＿＿＿

E-mail：＿＿＿＿＿＿＿＿＿＿＿＿＿＿＿＿